100nen-meisaku

100年《ねん》後《ご》も読《よ》まれる名《めい》作《さく》⑨

若《わか》草《くさ》物《もの》語《がたり》

作／L・M・オルコット　編訳／越水利江子
絵／Nardack　監修／坪田信貴

JN242375

もくじ

プロローグ

「プレゼントのないクリスマスなんて、クリスマスじゃないよ！」

クリスマス・イブの夜《よる》、だんろの前《まえ》で、じゅうたんに寝《ね》ころんだ**ジョー**がいいました。

ジョーの本当《ほんとう》の名《な》はジョセフィーン。**マーチ家《け》の四姉妹《しまい》**の次女《じじょ》、十五才《さい》です。くり色《いろ》の長《なが》い髪《かみ》をポニーテールにしていますが、背《せ》が高《たか》く小麦色《こむぎいろ》に日焼《ひや》けしていて、まるで男《おとこ》の子《こ》みたいなので、みんなから、ジョーと呼《よ》ばれています。

「お金《かね》がないって、つらいわね。うちが、おとなりのローレンスさんみたいにお金持《かねも》ちだったら、こんなふうになやまないですんだのに……。あ、そういえば、今日《きょう》、ローレンスさんの家《いえ》のお庭《にわ》に、黒《くろ》髪《かみ》の男《おとこ》の子《こ》がいるのを見《み》かけたわ。きっと、お孫《まご》さんね。」

そういったのは、長女《ちょうじょ》、十六才《さい》の**メグ**でした。

名前《なまえ》はマーガレットですが、みんなからはメグと呼《よ》ばれています。カールのかかったゆたかな髪《かみ》にネットをかぶせて、色白《いろじろ》でとても美《うつく》しいのに、洗《せん》たくしすぎて色《いろ》あせた洋服《ようふく》しか持《も》っていません。

「その子《こ》、知《し》ってる！　私《わたし》も見《み》た。おぎょうぎよくて、とっても、感《かん》じがよかったよね！」

ジョーが寝《ね》がえりをうって顔《かお》だけみんなにむけると、**エイミー**が「へえ、そうなの？」と聞《き》きかえしました。

「でも、ローレンスさんってすごく気《き》むずかしそうなおじいさんでしょ？　その子《こ》、たいへんねえ。ま、そうだとしても、すてきなものをいっぱい買《か》ってもらえるならいいわね！　あたしたちなんか、クリスマスプレゼントなしだもの。つまんないわ。」
そうして、ふまんそうにくちびるをとがらせるエイミーは、かがやく金髪《きんぱつ》の女《おんな》の子《こ》でした。十二才《さい》

の末《すえ》っ子《こ》で、ちょっとわがままです。絵《え》をかいたり、ねん土《ど》で動物《どうぶつ》を作《つく》ったりするのが大好《だいす》きでした。

「でもね、私《わたし》たちにはお父《とう》さんもお母《かあ》さんもいるし、姉妹《しまい》だってみんな元気《げんき》で、こうやって、いっしょにいられるじゃない。」

十三才《さい》になった三番《ばん》めの**ベス**が、澄《す》んだ青《あお》い瞳《ひとみ》をかがやかせていました。だんろの火《ひ》に照《て》らされ、ほおがバラ色《いろ》です。

そばには、ベスの飼《か》っている三匹《びき》の子猫《こねこ》がのどをならしてじゃれあっていました。その一匹《ぴき》をなでながら、ジョーがつぶやきました。

「だけど、お父《とう》さんは戦争《せんそう》に行《い》ってしまって、いつ帰《かえ》れるかもわからないし……」

みんな、今《いま》アメリカがふたつにわかれて戦《たたか》っている**南北戦争**《なんぼくせんそう》を思《おも》って、くらい気持《きも》ちになりました。

牧師《ぼくし》のお父《とう》さん、**マーチ氏《し》**は、従軍牧師《じゅうぐんぼくし》として、戦争《せんそう》に行《い》ってしまったのです。牧師《ぼくし》なので、銃《じゅう》を持《も》って戦《たたか》ったりはしませんが、いつでも軍隊《ぐんたい》といっしょにいるので、危険《きけん》なのはおなじでした。

そのとき、玄関《げんかん》のドアがひらく音《おと》がして、四姉妹《しまい》のお母《かあ》さん、**マーチ夫人《ふじん》**がかけこんできました。

「みんな、すてきなクリスマスプレゼントがとどいたわっ。」

お母《かあ》さんがニコニコしていいました。

その手《て》には、手紙《てがみ》がにぎられていました。

「わあ、お父《とう》さんからの手紙《てがみ》!?」

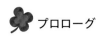

エイミーがお母《かあ》さんにとびつきました。

「お母《かあ》さん、読《よ》んでちょうだい！」

ベスもいいました。

お母《かあ》さんはだんろのそばにこしかけ、手紙《てがみ》をひらいて、ゆっくり読《よ》みあげてくれました。


愛《あい》する妻《つま》よ、元気《げんき》かい？

わたしが留守《るす》のあいだも、娘《むすめ》たちに愛《あい》とキスをおくってください。苦《くる》しいこともたくさんあるだろうけれど、きみたちなら、のりこえられると信《しん》じているよ。

なにより、娘《むすめ》たちにつたえておくれ。この苦《くる》しい日々《ひび》こそ、自分《じぶん》の内《うち》にある敵《てき》と戦《たたか》って、強《つよ》くやさしく生《い》きておくれと。

なんでもほしがって満《み》たそうという心《こころ》こそ、きみたちの敵《てき》だよ。

むだなもので満《み》たそうとしなくても、愛《あい》はいつでも、きみたちのまわりに満《み》ちあふれているんだ。

どうか、愛《あい》にあふれた素敵《すてき》な女性《じょせい》になってください。

戦争《せんそう》から帰《かえ》って、きみたちをだきしめる日《ひ》を夢見《ゆめみ》て、わたしもがんばります。だから、安心《あんしん》してください。

毎日《まいにち》、きみたちのためにいのっているよ。

愛《あい》する妻《つま》と、若草《わかくさ》のようなむすめたちへ　マーチお父《とう》さんの手紙《てがみ》に、みんな、心《こころ》が洗《あら》われたような気《き》がしました。

「私《わたし》、お父《とう》さんがおっしゃるように、素敵《すてき》な女性《じょせい》になるわ。」

長女《ちょうじょ》のメグがいうと、ほかの娘《むすめ》たちもみな、うなずきました。

かつて、マーチ家《け》は、お金持《かねも》ちというほどではないのですが、すこしはゆたかだったことがありました。けれど、お父《とう》さんが、こまっている人《ひと》にお金《かね》をかしたおかげで、家《いえ》はまずしくなってしまったのです。

そうして、お父《とう》さんがいなくなった今《いま》、メグは、よその家《いえ》で子《こ》どもの家庭教師《かていきょうし》をしていますし、ジョーは、お父《とう》さんの伯母《おば》さんにあたる大伯母《おおおば》さまのところで手伝《てつだ》いをしたりして、ふたりとも、いつも、いそがしくはたらいているのでした。

「そうね。あなたたちもがんばってることを、お父《とう》さんにお返事《へんじ》しなくてはね！」

お母《かあ》さんはそういって立《た》ちあがり、ハンナがいる台所《だいどころ》へむかいました。

戦時中《せんじちゅう》の今《いま》、マーチ家《け》には、お母《かあ》さんと四姉妹《しまい》と、メイドのハンナしかいないのです。それは、娘《むすめ》たちにとって、心細《こころぼそ》く、さびしいことでした。

けれど、お父《とう》さんの手紙《てがみ》にあった「**愛《あい》はいつでも、きみたちのまわりに満《み》ちあふれている**」という言葉《ことば》のおかげで、なんだか、みんな、心《こころ》がぽかぽかあたたかくなったような気《き》がしていました。

「そうだわ。高価《こうか》なクリスマスプレゼントは買《か》えなくても、私《わたし》たちは、ささやかで小《ちい》さなプレゼントをしましょうよ！」

お母《かあ》さんに聞《き》こえないように、メグがこっそりいいました。

「私《わたし》、もうできあがるわ。お母《かあ》さんにあげるハンカチに刺《し》しゅうしてるの！」

ベスが、はずかしそうにほほえみました。

そこで、娘《むすめ》たちは、おこづかいで買《か》える小《ちい》さなものや、手《て》作《づく》りできるプレゼントを考《かんが》えはじめたのでした。

1 幸《しあわ》せなクリスマス

クリスマスの朝《あさ》、目《め》をさますと、四姉妹《しまい》のまくらもとには、**青《あお》いきれいな本《ほん》**がおかれていました。

それは、お母《かあ》さんから姉妹《しまい》一人一人《ひとりひとり》への聖書《せいしょ》のプレゼントでした。高価《こうか》なものではありませんが、聖書《せいしょ》は、人《ひと》が思《おも》いやりを持《も》って生《い》きる方法《ほうほう》を教《おし》えてくれる本《ほん》です。

本好《ほんず》きのジョーはさっそく読《よ》みはじめました。メグも、妹《いもうと》たちも読《よ》みっこ

してから、お母《かあ》さんにお礼《れい》をいうため、みんなで台所《だいどころ》へ行《い》きました。手《て》に手《て》に、お母《かあ》さんへのささやかなプレゼントを持《も》って。

ベスは刺《し》しゅうしたハンカチを、メグは毛糸《けいと》であんだミトンを、ジョーはぬいあげた部屋《へや》ばきを、エイミーは香水《こうすい》の空《あ》きびんに、庭《にわ》でさいたきれいなバラを一輪《りん》かざってテーブルにおきました。

「ハンナ、お母《かあ》さんは？」

メグは、お父《とう》さんがいるころから、家事《かじ》の手伝《てつだ》いをしてくれているメイドのハンナに聞《き》きました。

ハンナは、みんなの朝《あさ》ごはんのパンケーキを焼《や》きながら、いそがしそうにいいました。

「朝《あさ》から、どこかのまずしい子《こ》どもがたずねてきたんですよ。それで、奥《おく》さまは、ようすを見《み》てくるって、お出《で》かけになりました。奥《おく》さまったら、食《た》べ物《もの》でも服《ふく》でも、だんろで燃《も》やす薪《まき》だって、なんでもすぐ、こまった人《ひと》にあげてしまうんですから。」

やがて、パンケーキが焼《や》きあがり、おいしそうなにおいがしてきて、おなかをすかせたみんながテーブルについたとき、お母《かあ》さんのマーチ夫人《ふじん》が帰《かえ》ってきました。

「**メリー・クリスマス、お母《かあ》さん。**聖書《せいしょ》をありがとう！　これは、私《わたし》たちからのプレゼントよ！」

娘《むすめ》たちは、プレゼントをさしだし、声《こえ》をそろえました。

「**メリー・クリスマス、みんな。**なんてすてきなプレゼントなの！」

おかあさんは、それぞれのプレゼントを手《て》に取《と》って、ほおずりしたり、バラの香《かお》りをかいだりしてから、ほほえみました。

「……ねえ、朝《あさ》ごはんの前《まえ》に、ちょっとお願《ねが》いがあるの。ここから遠《とお》くないフンメルさんのお家《うち》は、赤《あか》ちゃんや子《こ》どもが六人《にん》もいるのに、お母《かあ》さんが病気《びょうき》なの。食《た》べる物《もの》も、だんろで燃《も》やす薪《まき》もないから、みんなちぢこまってふるえてるのよ。その子《こ》たちに、あなたたちの朝《あさ》ごはんをわけてあげてくれない？」

そういわれても、おなかをすかせて「さあ、食《た》べよう。」と思《おも》っていたみんなは、一瞬《いっしゅん》、返事《へんじ》ができませんでした。

エイミーのおなかがグウッと鳴《な》ったとき、ジョーがさっそうと立《た》ちあがりました。

「それはすてきなクリスマスプレゼントができるね、お母《かあ》さん！」

「私《わたし》もプレゼントをはこぶお手伝《てつだ》いするわ！」ベスもいいました。

「じゃ、あたし、クリームをのせたマフィンも持《も》っていくわ！」

エイミーも大好《だいす》きなおやつをがまんして立《た》ちあがりました。

「さあ、おおいそぎよ。」

メグは大皿《おおざら》に焼《や》きたてのパンケーキをつみあげ、ナプキンをかけました。

「ありがとう、みんな。」

お母《かあ》さんは、ハンナとミルクがゆを用意《ようい》すると、みんなでフードつきのコートをはおって、家《いえ》を出《で》ました。

深《ふか》くつもった雪道《ゆきみち》をしばらく行《い》くと、窓《まど》ガラスのわれた家《いえ》がありました。フンメルさんの家《いえ》です。

お母《かあ》さんがノックして、家《いえ》のなかに入《はい》ると、だんろには火《ひ》がなくて、ぼろぼろのベッドに病気《びょうき》のフンメル夫人《ふじん》が寝《ね》ていました。赤《あか》ちゃんはおなかをすかせて泣《な》きわめいているし、子《こ》どもたちはやぶれたキルトをかぶって、くっつきあってふるえています。

フンメル夫人《ふじん》は、いいにおいの朝《あさ》ごはんや薪《まき》をはこんできたマーチ家《け》のみんなを見《み》て、よろこびの声《こえ》をあげました。

「まあっ、天使《てんし》さまが来《き》てくださった！」

子《こ》どもたちも、天使《てんし》たちに目《め》をみはっています。

「ふふ、おなべを持《も》ったへんてこりんな天使《てんし》だけどね。」

ジョーが照《て》れながらいうと、フンメル夫人《ふじん》や子《こ》どもたちがどっと笑《わら》いました。

　そこでハンナが、自分《じぶん》のショールをわれた窓《まど》ガラスにつめて、すきま風《かぜ》をふせぐと、持《も》ってきた薪《まき》をだんろにくべて火《ひ》をおこしました。

　お母《かあ》さんは「これで、お乳《ちち》が出《で》るといいわね。」といって、おなべであたためたミルクがゆを、フンメル夫人《ふじん》に食《た》べさせてあげました。

　朝《あさ》ごはんをテーブルにならべると、子《こ》どもたちが、おなかをすかせたヒナ鳥《どり》みたいにあつまってきました。

「さあ、たくさん食《た》べて！」

「あわてなくていいのよ。なくなったら、また持《も》ってくるから。」

　こうして、マーチ家《け》の天使《てんし》たちは、とっても幸《しあわ》せなクリスマスの朝《あさ》を楽《たの》しんだのです。自分《じぶん》たちは、パンケーキのかけらも食《た》べられ

ませんでしたけれどね。
帰《かえ》ってから、みんなはそまつなパンとミルクで朝食《ちょうしょく》をすませました。それから、二階《かい》の部屋《へや》で、クリスマスのおしばいごっこをして遊《あそ》びました。
やがて日《ひ》が暮《く》れて、おなかがぺこぺこになったので、メグもジョーもベスもエイミーも、そろって夕食《ゆうしょく》におりていきました。

すると、テーブルには、温室《おんしつ》ざきの花々《はなばな》のブーケがかざられていて、ハンナやお母《かあ》さんが作《つく》ったとは思《おも》えないごうかなごちそうがならんでいたのです。

テーブルのまんなかに、ドンとおかれているのは、こうばしい七面鳥《しちめんちょう》のオーブン焼《や》きでした。さらに、鴨肉《かもにく》と野菜《やさい》のスープがほかほか白《しろ》い湯気《ゆげ》をたてています。

白《しろ》とピンクのアイスクリームもあれば、赤《あか》いイチゴと生《なま》クリームをかざったケーキもあって、桃《もも》やみかんやパイナップルなど、とりどりのくだものが入《はい》ったフルーツ・ポンチまでありました。

「わあ、このごちそう、どうしたの？　まさか、あのひねくれものの大伯母《おおおば》さまがくださったの!?」

ジョーが、びっくりしてさけびました。こんなプレゼントをくれそうなお金持《かねも》ちといえば、大伯母《おおおば》さましか心《こころ》あたりがありません。

「ちがうわ、きっと、サンタクロースよ！」ベスがいいました。

エイミーは「妖精《ようせい》のしわざ？」と首《くび》をかしげ、メグは「なにいってるの、お母《かあ》さんが作《つく》ってくださったのよ！」といいました。

「いいえ、みんな、ちがってるわ。**このごちそうはおとなりのローレンスさんがくださったのよ。**」

お母《かあ》さんがやさしくほほえみました。

「えっ、おとなりって、あの大《おお》きなお屋敷《やしき》のローレンスさん？　あのおじいさんが、いったい、なぜ？」

ジョーたちがびっくりすると、お母《かあ》さんがいいました。

「ハンナがね、あなたたちが天使《てんし》になって朝食《ちょうしょく》をまずしい子《こ》どもたちにわけてあげたことを、おとなりのメイドさんに話《はな》したの。そうしたら、それを聞《き》いたローレンスさんがすごく感心《かんしん》なさって、このごちそうをくださったのよ。温室《おんしつ》のお花《はな》のブーケは、ローレンスさんのお孫《まご》さんのぼっちゃんがとどけてくださったの。」

みんなは、ときどき見《み》かけるがんこそうなおじいさんを思《おも》いうかべました。とても信《しん》じられません。

「おとなりのローレンスさんは、むかし、あなたたちのおじいさまと親《した》しかったのよ。……でも、かわいがっていた孫娘《まごむすめ》を亡《な》くされてから、気《き》むずかしくなられて、のこされたお孫《まご》さんのぼっちゃんにも、ずいぶん厳《きび》しくなさったようね。とても礼儀《れいぎ》正《ただ》しいぼっちゃん

だったわ。さあさ、えんりょしないでいただきましょう。」
その夜《よる》は、すばらしいクリスマス・ディナーとなりました。
ベスが古《ふる》びたアコーディオンをひっぱりだして、クリスマスソングを弾《ひ》いてくれました。古《ふる》すぎて、おかしな音《おと》しか出《で》ませんでしたが、みんなは歌《うた》っておどって、楽《たの》しみました。

2 パーティーへの招待《しょうたい》

「ジョー、ジョー！　どこにいるの!?」

メグが呼《よ》んでいます。

「ここだよ～！」

ジョーは屋根《やね》うらから答《こた》えました。

屋根《やね》うら部屋《べや》の窓辺《まどべ》は、ポカポカ日当《ひあ》たりがよくて、そこがジョーの読書室《どくしょしつ》だったのです。

「ジョー、たいへんよ。あなたと私《わたし》が招待《しょうたい》されたの！」

階段《かいだん》をかけあがってきたメグが見《み》せたのは、ご近所《きんじょ》のお金持《かねも》ち、ガーディナー夫人《ふじん》からの招待状《しょうたいじょう》でした。

『マーガレット嬢《じょう》とジョセフィーン嬢《じょう》を、おおみそかの舞踏会《ぶとうかい》に招《しょう》待《たい》いたします』と、書《か》いてあります。

「ああ、でも、私《わたし》のドレス、背中《せなか》に大《おお》きな焼《や》けこげがあるの。白《しろ》い手袋《てぶくろ》も片方《かたほう》よごれてるし。」

ジョーはあんまり気《き》がすすまないと首《くび》をふりましたが、メグのほうは「だいじょうぶ、だいじょうぶ。」と明《あか》るく笑《わら》いました。

「できるだけすわってるか、かべを背《せ》にしてじっとしてれば、焼《や》けこげなんて見《み》つからないわ。手袋《てぶくろ》の片方《かたほう》は、私《わたし》のを貸《か》してあげる。」

メグがあんまりにうれしそうにいうので、ジョーは屋根《やね》うらで読《どく》書《しょ》するほうが好《す》きでしたが、パーティーにつきあうことにしました。

さて、その夜《よる》のガーディナー家《け》のパーティーには、キラキラしたドレスのおじょうさんと、めかしこんだ若《わか》い男性《だんせい》がいっぱいやってきていました。

はなやかなようすにジョーはたじろぎ、メグはうっとりしています。

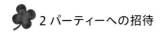

「ステキねえ！ さあ、ここからは上品《じょうひん》なレディにならないと。ジョー、あなたはいつもみたいに男《おとこ》の子《こ》とふざけたりしちゃだめよ。背《せ》すじをのばして、レディらしくふるまうの。**なにかあったら、まゆをあげて合図《あいず》するわ。**」

そういうと、メグはさっそく紳士《しんし》にさそわれて、ダンスをおどりにいってしまいました。

のこされたジョーは、そばにいた男《おとこ》の子《こ》たちのスケート話《ばなし》がおもしろかったので聞《き》きいって、つい大笑《おおわら》いしてしまいました。

すると、ダンスの途中《とちゅう》でふりかえったメグが、びっくりするぐらいまゆをつりあげて、こちらをするどくにらみつけました。

「レ・ディー・ら・し・く！」

声《こえ》も出《だ》さずに口《くち》をぱくぱくさせてしかるので、ジョーは肩《かた》をすくめ、かべを背《せ》にして、じっと立《た》っていることにしました。

と、そのとき、ジョーは赤毛《あかげ》の紳士《しんし》と目《め》が合《あ》いました。紳士《しんし》はに

っこりほほえみかけてきました。

（あ、ダンスを申《もう》しこまれたら、背中《せなか》の焼《や》けこげが見《み》つかっちゃう！）

ジョーはあわてて、カーテンのむこうにかくれました。

すると、そこには、かわいらしい小部屋《こべや》があって、おぎょうぎのいい黒髪《くろかみ》の少年《しょうねん》がひとりすわっていたのです。

「わっ、ごめん！」

ジョーが男《おとこ》の子《こ》みたいにあやまると、その子《こ》はクスッと笑《わら》いました。

（この子《こ》、知《し》ってる……）

ジョーは、少年《しょうねん》がローレンスさんの孫《まご》だとすぐに気《き》づきましたが、メグにいわれたように、レディらしくお上品《じょうひん》にたずねてみました。

「どちらかで、あなたをお見《み》かけしたと思《おも》いますわ。ご近所《きんじょ》におすまいなのかしら？」

少年《しょうねん》は、プッとふきだしました。

「おとなりさんじゃないですか。そんなにむりしてレディにならなくてもいいですよ。ぼくは、**セオドア・ローレンス**です。**ローリー**と呼《よ》んでください。」

ローリーの言葉《ことば》にジョーはほっとして、いつもどおりにもどって
お礼《れい》をいいました。

「えっと、クリスマスのごちそうとお花《はな》を、どうもありがとう。」

「いえ、どういたしまして。」

ローリーは、やさしくほほえみました。黒《くろ》い巻《ま》き毛《げ》に、小麦色《こむぎいろ》の肌《はだ》、黒《くろ》くてキラキラかがやく瞳《ひとみ》は大《おお》きいけれど、ずいぶんおちついています。おまけに背《せ》が高《たか》くて、目鼻立《めはなだ》ちがととのっているので、一見《いっけん》、大学生《だいがくせい》ぐらいに見《み》えました。

(この子《こ》、いくつかな？)

ジョーは、なにげなくたずねてみました。

「もうすぐ、大学《だいがく》へ行《い》くの？」

「いや、まだ行《い》きません。十七才《さい》になるまでは。」

ローリーはしずかに答《こた》えました。

「じゃ、あなたはいくつ？」

「来月《らいげつ》、十六才《さい》になります。」

(なら、私《わたし》とおなじぐらい!?)

きゅうに、ジョーはローリーに親《した》しみがわいてきました。でも、
それは、ローリーのほうもおなじです。男《おとこ》の子《こ》っぽいジョーが楽《たの》し
くて、すっかりうちとけていたのです。

そのとき、ポルカの音楽《おんがく》が楽《たの》しげに流《なが》れだしました。

「わあ、ポルカだ。あなたもおどってきたら。」

「きみもおどる？」

ローリーがおじぎして、手《て》をさしのべました。

「えっ、私《わたし》？　うーん、笑《わら》わないでね。じつはこのドレス、だんろの前《まえ》に立《た》ってて焼《や》けこげをつくっちゃったんだ。もちろん、つくろったけど、みんなに見《み》られたらはずかしいから。」

ジョーはもじもじしてうちあけましたが、ローリーはもちろん笑《わら》いませんでした。

「そんなの気《き》にしなくていいよ。あっちのホールに行《い》こうよ。あそこなら、だれもいないから、のびのびおどれるよ！」

そういって、ローリーはジョーのうでをつかむと、ろうかを出《で》て、となりのホールまでつれていってくれました。たしかにそのホールにはだれもいませんでした。ふたりは、ダンス会場《かいじょう》からひびいてくる音楽《おんがく》に合《あ》わせて、手《て》に手《て》を取《と》っておどりだしました。
「すごく楽《たの》しいね、テディ！」
ステップをふみながら、ジョーはいつのまにか男友《おとこども》だちみたいに、
ローリーを、本名《ほんみょう》セオドアの愛称《あいしょう》テディで呼《よ》んでいました。

おどりつかれて、すっかりなかよくなったジョーとローリーが、階段《かいだん》にすわっていろんな話《はなし》でもりあがっていると、下《した》のほうからメグのこまったような声《こえ》が聞《き》こえてきました。

「ジョー……おねがい、来《き》てくれない？」

ジョーがあわてておりていくと、メグはソファーにすわりこんで、ダンス用《よう》のヒールのくつをぬいでぐったりしています。

「どうしたの？」

ジョーが聞《き》くと、メグは痛《いた》そうにうめきました。

「足《あし》をくじいちゃって……！」

「ええっ、だいじょうぶ？」

ジョーは、メグの足首《あしくび》をやさしくさすってあげました。赤《あか》くはれて、熱《あつ》くなっています。

「痛《いた》くて歩《ある》けないの。どうやって帰《かえ》ればいいかしら。」

「馬車《ばしゃ》を呼《よ》ぶか、ハンナのおむかえを待《ま》つ？」

「馬車《ばしゃ》を呼《よ》ぶなんて、すごく高《たか》いから無理《むり》よ。ハンナを待《ま》つわ。あ
あ、早《はや》く帰《かえ》りたいけど、しかたないわね。」

メグがそういってため息《いき》をついていると、ローリーがやってきて
心配《しんぱい》そうに声《こえ》をかけました。

「足《あし》をひねったの？　それなら、ぼくの馬車《ばしゃ》でおくっていきましょ
うか。」

「そんな、わるいよ。パーティーはまだまだおわらないし……」

ジョーがとまどっていると、ローリーはほほえんでいいました。

「ぼくはいつも、パーティーを早《はや》めに、おいとまするんだ。だから、どうぞ送《おく》らせてください。おとなりなんですから。」

そうして、ローリーは、王子《おうじ》さまのようにメグとジョーの手《て》を取《と》って、きれいな馬車《ばしゃ》に乗《の》せてくれました。それから駁者席《ぎょしゃせき》のとなりにすわると、駁者《ぎょしゃ》に合図《あいず》して馬車《ばしゃ》をはしらせたのです。

ふたりは、まるでお姫《ひめ》さまになったようでした。

家《いえ》について、馬車《ばしゃ》からおりるとき、ローリーはメグに「お大事《だいじ》に。」といってから、ジョーにはこっそり「ありがとう、楽《たの》しかったよ。」とささやきました。

こげたドレスを気《き》にしたり、足《あし》をくじいたりして、さんざんなパーティーだったのに、家《いえ》に帰《かえ》りついたジョーとメグは、とても幸《しあわ》せな気持《きも》ちでした。

「あそこのパーティーにいたどんな貴婦人《きふじん》だって、私《わたし》たちほど、すてきな時間《じかん》をすごした人《ひと》はいなかったと思《おも》うよ。ね、メグ姉《ねえ》さん！」

そういって、ジョーはローレンスさんのお屋敷《やしき》を窓《まど》ごしにながめると、心《こころ》の内《うち》でお礼《れい》をいいました。

（ありがとう、テディ。）

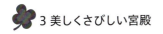

3 美《うつく》しくさびしい宮殿《きゅうでん》

クリスマスから新年《しんねん》の休日《きゅうじつ》がおわってしまうと、末《すえ》っ子《こ》のエイミーは学校《がっこう》へ行《い》かねばなりませんでしたし、体《からだ》の弱《よわ》いベスは、学校《がっこう》へは行《い》けませんでしたが、お母《かあ》さんやハンナの家事《かじ》を手伝《てつだ》いました。メグとジョーは、気《き》の重《おも》い仕事《しごと》に出《で》かけねばなりませんでした。メグはわがままな四人《にん》の子《こ》どもの家庭教師《かていきょうし》をしていましたし、ジョーは口《くち》うるさくてひねくれものの大伯母《おおおば》さまのお世話《せわ》をしなければならないのです。

そんなわけで、休日《きゅうじつ》明《あ》けのみんなのごきげんは、あまりよくありませんでした。

おまけにその日《ひ》は、ベスが「頭《あたま》が痛《いた》い。」といって、三匹《びき》の猫《ねこ》といっしょに、ソファーに横《よこ》になってしまいました。

「ベス、猫《ねこ》ちゃんたちをだいて、頭痛《ずつう》をなおしてしまいなさい。じゃ、行《い》ってきます！」

そういって、ジョーはメグと出《で》かけていきました。

その道《みち》で、ふきげんそうなメグに、ジョーはおどけていいました。

「メグ姉《ねえ》さん。私《わたし》が作家《さっか》になったら、楽《らく》をさせてあげるから！　馬《ば》車《しゃ》も、アイスクリームも、きれいなドレスもくつも、ダンスのお相《あい》手《て》の男《おとこ》の子《こ》だってよりどりみどりで楽《たの》しませてあげるから。もうちょっとのしんぼうだよ。」

「ジョーったら、バカばっかりいって！」

メグはふきだしました。

けれども、そういうジョーこそ、ほんとは気《き》が重《おも》かったのです。はたらいている大伯母《おおおば》さまの家《いえ》には古《ふる》い本《ほん》がたくさんあって、それを読《よ》むのがジョーの一番《いちばん》の楽《たの》しみだったのですが、大伯母《おおおば》さまは口《くち》うるさくジョーを呼《よ》びつけるし、おこりんぼうでした。でも、お給料《きゅうりょう》をいただいているのだから、がまんするしかありません。

ときどきめげそうになりましたが、ジョーには夢《ゆめ》がありました。いつか有名《ゆうめい》な作家《さっか》になって、家族《かぞく》を楽《たの》しくくらさせてあげたいと思《おも》っていたのです。

それで、休日《きゅうじつ》になると、いつも原稿《げんこう》を書《か》いていました。

もう何《なん》カ月《げつ》も、長編小説《ちょうへんしょうせつ》を書《か》きつづけているのです。

ジョーは、お父《とう》さんが戦争《せんそう》から帰《かえ》ってくるまでに、それをなんとか完成《かんせい》させるつもりでした。


ようやく休日《きゅうじつ》になった朝《あさ》、ジョーは大切《たいせつ》な原稿《げんこう》をしあげてから、長《なが》ぐつをはいて、雪《ゆき》かきのほうきとシャベルを持《も》って玄関《げんかん》を出《で》ました。

「ジョーったら、朝《あさ》からなにをするの!?」

居間《いま》のほうから、メグが声《こえ》をかけました。

「ちょっと、運動《うんどう》!」

そう答《こた》えると、ジョーは玄関《げんかん》を出《で》て、雪《ゆき》かきをはじめました。

昨晩《さくばん》ふった大雪《おおゆき》のおかげで、町《まち》はいちめん雪景色《ゆきげしき》です。マーチ家《け》にもおとなりのローレンス家《け》にも、雪《ゆき》はどっさりつもっていました。家《いえ》のなかから、メグやハンナの笑《わら》い声《ごえ》が聞《き》こえてきます。まずしいけれどにぎやかなマーチ家《け》とくらべ、ローレンス家《け》はしーんとしずまりかえっていました。

そういえば、このところ、ローリーのすがたを見《み》ていません。どうしているのかと、ジョーは、生《い》け垣《がき》ごしに、おとなりを見《み》あげました。

どうどうとした石《いし》づくりで、大《おお》きな馬車小屋《ばしゃごや》もあって、手入《てい》れのいきとどいた庭《にわ》や温室《おんしつ》も見《み》えます。たくさんある窓《まど》のカーテンのすきまからは、宮殿《きゅうでん》のようにすてきな置《お》き物《もの》や家具《かぐ》が見《み》えかくれしています。

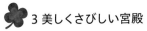

けれど、それが、なんとなくさびしそうに見《み》えました。と、その二階《かい》の窓《まど》に、ローリーの黒《くろ》い巻《ま》き毛《げ》が見《み》えました。こちらの庭《にわ》をながめているようです。

「きゃっ。」

「きゃあっ。」

歓声《かんせい》が聞《き》こえたので、ジョーがふりかえると、いつのまに起《お》きてきたのか、ベスとエイミーが庭《にわ》で雪投《ゆきな》げをしていました。

このふたりを、ローリーはながめていたのです。

(テディも、みんなと遊《あそ》びたいのかな?)

しばらくしてローレンスさんが馬車《ばしゃ》に乗《の》って出《で》かけたようなので、ジョーは雪玉《ゆきだま》をこしらえ、黒《くろ》い巻《ま》き毛《げ》の見《み》える窓《まど》に投《な》げつけました。

窓《まど》ガラスにぶつかった雪玉《ゆきだま》にハッとしたローリーの顔《かお》が、みるみるほほえんで、大《おお》きな黒《くろ》い瞳《ひとみ》がかがやきました。

「やあ。」

ローリーが窓《まど》をあけたので、ジョーは手《て》をふりました。

「こんにちは、元気《げんき》？」

「うん、ちょっと風邪《かぜ》をひいてたけど、もうだいじょうぶだよ。」

「へえ、そう？　じゃ、お見舞《みま》いはいらない？」

ジョーがたずねると、ローリーは目《め》をみはりました。

「え、お見舞《みま》いに来《き》てくれるの!?」

「ちょっと待《ま》ってね。お母《かあ》さんに、行《い》ってもいいか聞《き》いてくる！」

ジョーはすぐさま、家《いえ》にかけこみました。

ローリーは、ジョーを待《ま》っているあいだ、身《み》だしなみをととのえたり、部屋《へや》を片《かた》づけたりしていました。

玄関《げんかん》のほうから、元気《げんき》な声《こえ》が聞《き》こえてきました。

「ローリーさんにお目《め》にかかりたいんですが。」

階段《かいだん》の上《うえ》から、ひょっこり顔《かお》を出《だ》してのぞいてみると、むこうからメイドに案内《あんない》され、ジョーがやってきます。

その両手《りょうて》にかかえられたものを見《み》て、ローリーは思《おも》わず目《め》をみはりました。

「さあ、来《き》たわよ。おみやげいっぱい持《も》ってね！」

ジョーは、アーモンドの香《かお》りがする**プルプルの冷《つめ》たいお菓子《かし》**と、ベスの子猫《こねこ》を三匹《びき》もかかえていたのです。

「お母《かあ》さんがよろしくって。これは、メグ姉《ねえ》さん手作《てづく》りのブラマンジェだけど、おいしいんだよ。上《うえ》にのってるミントの葉《は》や赤《あか》い花《はな》はエイミーがそだてたの。それから、ベスが、子《こ》猫《ねこ》がなぐさめになるんじゃないかっていうもんだから……」

そういって、ジョーは笑《わら》いだしました。

「すごくきれいでおいしそうだ。食《た》べるのがもったいないな。」

ローリーは姉妹《しまい》一人《ひとり》ひとりの親切《しんせつ》に感激《かんげき》しました。

「メグさんは、パーティーのときのきれいなお姉《ねえ》さんで、ベスさんはよくバスケットをさげて買《か》い物《もの》に出《で》かける青《あお》い瞳《ひとみ》のおじょうさん？　エイミーさんは金髪《きんぱつ》の巻《ま》き毛《げ》のおじょうさんでしょう？」

「へえ、よく知《し》ってるね！」

ジョーが目《め》をまるくしたので、ローリーはほおを赤《あか》らめました。

「この家《いえ》にひとりでいるとき、きみたちの楽《たの》しそうな声《こえ》を聞《き》くと、どうしても気《き》になってね。ついついながめてしまうんだよ。ほら、ときどき、窓《まど》のカーテンをしめわすれるでしょう。明《あ》かりがともると、家族《かぞく》みんなでテーブルをかこむようすが、一枚《まい》の絵《え》みたいに幸《しあわ》せそうで、つい、見《み》とれてしまうんだ。とくに、お母《かあ》さんがやさしそうで……ぼくには母《はは》がいないから。」

ローリーの言葉《ことば》が、ジョーの胸《むね》につきささりました。自分《じぶん》が感《かん》じたことのないひとりぼっちのさびしさを、ローリーはいつも感《かん》じていたのです。

「ねえ、テディ。あの窓《まど》のカーテンはずっとあけておくから、いつでものぞいていいよ。それに、うちにも遊《あそ》びにおいでよ。えんりょなんかいらないんだから。お母《かあ》さんも、みんなもよろこぶよ。」

それからふたりは、子猫《こねこ》たちと遊《あそ》んでゆかいにすごしました。

ローリーはジョーのおもしろ話《ばなし》に笑《わら》いころげ、ジョーもそれを見《み》ていっしょに笑《わら》いころげました。

おかげでローリーは、すっかり元気《げんき》になったみたいでした。

「ジョー、きみがそんなに本《ほん》が好《す》きなら、一階《かい》の図書室《としょしつ》にある祖父《そふ》の本《ほん》を見《み》てみる？　祖父《そふ》は留守《るす》だから、こわがることないよ。」

ローリーにつれていってもらったローレンスさんの図書室《としょしつ》は、おもむきのある本《ほん》がぎっしりならんでいました。古風《こふう》な椅子《いす》やテーブルもあって、古《ふる》い絵《え》や青銅《せいどう》の置《お》き物《もの》がかざられ、石《いし》づくりの巨大《きょだい》なだんろまでが、あかあかと燃《も》えています。

「テディ、あなたは世界一《せかいいち》の幸《しあわ》せ者《もの》ね！」

ジョーが、あまりのすばらしさにとびはねながらいったとき、お屋敷《やしき》の玄関《げんかん》の呼《よ》び鈴《りん》が鳴《な》りました。

「たいへん、だれかが来《き》たみたい。ローレンスさんかな？」

ジョーはあわてましたが、それはローリーの風邪《かぜ》をみてくださるお医者《いしゃ》さんのようでした。

「ちょっと、みてもらってくるから、図書室《としょしつ》で待《ま》ってて。」

そういって、ローリーは部屋《へや》を出《で》ていきました。

ひとり図書室《としょしつ》にのこされたジョーは、本《ほん》を一冊《さつ》一冊《さつ》手《て》に取《と》っては、あまりのすばらしさにため息《いき》をもらしました。

部屋《へや》のおくに、小《ちい》さなアップライトピアノがカバーをかぶせておいてあります。

「かわいいピアノ。ベスなら、弾《ひ》きたがるだろうな。」

ふと見《み》あげると、ピアノの上《うえ》の壁《かべ》に、ローレンスさんの肖像画《しょうぞうが》がかざられていました。

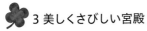

がんこそうだけれども、灰色《はいいろ》の目《め》は、なんとなく、ほほえんでいるようにも見《み》えます。

その絵《え》をしばらくながめていると、また図書室《としょしつ》のドアがあいたので、ジョーはローリーが帰《かえ》ってきたと思《おも》って、話《はな》しかけました。

「私《わたし》、このおじいさまをこわがることなんかないと思《おも》う。がんこそうに見《み》えるけど、やさしい目《め》をなさっているもの。私《わたし》のおじいさんほどハンサムじゃないけど、私《わたし》、この方《かた》が好《す》きだな。」

「どうもありがとう。おじょうさん。」

そう答《こた》えた声《こえ》がローリーではなかったので、ジョーはびっくりしてふりかえりました。

そこには、上品《じょうひん》で、ちょっとだけ、がんこそうに見《み》える**ローレン**

スさんが立《た》っていました。ジョーがあわてていると、ローレンスさんは気《き》むずかしい顔《かお》でたずねました。

「おじょうさんは、わしがこわくないんだね？」

「は、はい、そんなにこわくありません。」

ジョーはおずおずと答《こた》えました。

「それに、わしはがんこそうで、あなたのおじいさんよりハンサムじゃないというんだね？」

「は、はい。」

「それでも、わしが好《す》きだというのかね？」

「はい、そうです！」

こんどは、ジョーはきっぱり答《こた》えました。

すると、ローレンスさんは楽《たの》しげに笑《わら》って、ジョーに握手《あくしゅ》をもとめました。

「ハハハ……たしかに、あなたのおじいさんはいい男《おとこ》だったよ。それに、勇気《ゆうき》があって、まごころのある人《ひと》だった。おじょうさんは、そのおじいさんの性格《せいかく》をうけついでいるのかもしれないな。今日《きょう》は、うちの孫《まご》のために来《き》てくれたんだね？」

その言葉《ことば》にホッとしたジョーは、クリスマスのごちそうのお礼《れい》をいわなければと思《おも》いだしました。

「あのごちそう、とてもおいしかったです。ありがとうございました。」

ローレンスさんは「いやいや、あれは孫《まご》のしたことだ。」と首《くび》をふってから、「あのまずしいお家《うち》の方《かた》は、どうなさったかね？」とたずねました。

そこで、ジョーは、お母《かあ》さんから聞《き》いたフンメルさんの家族《かぞく》の話《はなし》をしました。あれから、お母《かあ》さんがあちこちのお金持《かねも》ちにお願《ねが》いして、みんなが、フンメル夫人《ふじん》と子《こ》どもたちを助《たす》けてくれるようになったことを。

「そうかね、それはすばらしい。マーチ夫人《ふじん》は、あなたのおじいさんやお父《とう》さんとおなじことをなさる、すばらしい方《かた》だ。うちの孫娘《まごむすめ》のことでも、ずいぶんよくしてくださった。」

ローレンスさんは、小《ちい》さなアップライトピアノをなでました。

「そのピアノ、だれか、弾《ひ》かれるんですか？　ローリーが？」

「いや、ローリーが弾《ひ》いているのは、客間《きゃくま》のグランドピアノだ。これはもう、だれも弾《ひ》かないよ。」

ローレンスさんはさびしげにいったあと、話《はなし》を変《か》えるように、ジョーにほほえみかけました。

「さあ、では、おとなりどうしのお茶会《ちゃかい》をしよう。」

ローレンスさんはレディにするように、ジョーにうでをさしだしてくれました。

ジョーはローレンスさんとうでをくむと、大《おお》きな客間《きゃくま》に案内《あんない》されました。窓際《まどぎわ》に、りっぱなグランドピアノがおいてあります。

(すごい！　ローリーが弾《ひ》いてるのは、あのピアノのことね。)

そう思《おも》ったところへ、ローリーが階段《かいだん》をかけおりてきて、びっくりしたように立《た》ちどまりました。

「お、お帰《かえ》りだったんですか!?」

「おお、ドタバタとさわがしい。紳士《しんし》らしくふるまいなさい。さあ、おまえもこのレディとお茶《ちゃ》をしよう。」

「は、はい！」

こわくてきびしい祖父《そふ》が、ジョーと楽《たの》しそうにうでをくんでいるのに、ローリーはおどろいたようです。

ジョーは、ぽかんとしているローリーにウインクして見《み》せました。


その日《ひ》、ジョーはローレンスさんたちとゆっくりお茶《ちゃ》を楽《たの》しんだあと、ローリーに温室《おんしつ》を案内《あんない》してもらいました。

「今日《きょう》は楽《たの》しかったよ。このお花《はな》は、お母《かあ》さんにさしあげてね。」

ローリーは、色《いろ》とりどりの花《はな》たばをくれました。

「それから、**マーチ家《け》のみなさんがおとどけくださったお薬《くすり》は、とても、よくききました**ってつたえてね。」

メグの作《つく》ったブラマンジェのことかなと、きょとんとしているジョーを見《み》て、ローリーはくすっと笑《わら》いました。

4 ベスの勇《ゆう》気《き》

こうして、マーチ家《け》へ帰《かえ》ったジョーは、みんなに、おみやげ話《ばなし》をいっぱいしてあげました。

「みんながとどけてくれたお薬《くすり》はよくきいたって、お礼《れい》をいわれたよ。きっと、メグ姉《ねえ》さんのお菓子《かし》、ブラマンジェを気《き》に入《い》ったんだろうね。」

ジョーがいうと、メグはあきれました。

「なにいってるの。みんながとどけたお薬《くすり》って、**あなた、ジョーのことよ。**」

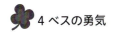

「えっ、そうなの？」

「そうよ。おぎょうぎのいいぼっちゃんだから、さりげなく、あなたにもお礼《れい》をいったのよ。それがわからないなんて、ジョーもまだまだお子《こ》ちゃまね。」

メグは、あたふたあわてるジョーをからかって笑《わら》いました。

マーチ家《け》のみんなはすっかり楽《たの》しくなって、おとなりのお屋敷《やしき》に行《い》ってみたいと思《おも》うようになりました。

「ローレンスさんが、うちの亡《な》くなったおじいさんをおぼえていてくれたなんて、感激《かんげき》だわ！」

お母《かあ》さんは、すこし涙《なみだ》ぐんでいました。

「ローリーは、私《わたし》も温室《おんしつ》を案内《あんない》してくれるかしら！」

メグはきれいな花《はな》たばを見《み》て、温室《おんしつ》にあこがれました。

「あたし、お屋敷《やしき》にかざられている置《お》き物《もの》や美術品《びじゅつひん》を見《み》たくてたまらないわっ。」

絵《え》や彫刻《ちょうこく》が大好《だいす》きなエイミーは、わくわくしてとびはねました。

ベスはグランドピアノの話《はなし》にため息《いき》をつきましたが、青《あお》い瞳《ひとみ》をキラキラさせただけで、なにもいいませんでした。

ジョーの訪問《ほうもん》以来《いらい》、ローリーやローレンスさんは、たびたび、マーチ家《け》をたずねてきてくれるようになりました。

お母《かあ》さんともよく話《はな》すようになったので、マーチ家《け》の娘《むすめ》たちも、これまでのようには、ローレンスさんをこわがらなくなりました。

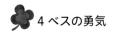

メグは好《す》きなときに、おとなりの温室《おんしつ》を散歩《さんぽ》できるようになりましたし、ジョーもいつでもおとなりの図書室《としょしつ》で本《ほん》を読《よ》むことができるようになって、エイミーもすてきな絵《え》や彫刻《ちょうこく》をのぞきに行《い》ったりしました。

ただ、気《き》の弱《よわ》いベスだけはまだ勇気《ゆうき》が出《で》ないようで、ローレンスさんがお母《かあ》さんと話《はな》していても、そばに行《い》こうともしませんでした。こっそりものかげにかくれて、ふたりのようすをうかがうだけなのです。

そんなベスが、ローレンスさんも気《き》になるらしく、できるだけ、ベスの好《す》きな音楽《おんがく》の話《はなし》なんかをしてくれるのでした。

「……そういえば、孫《まご》のローリーが、このところ、ピアノをさぼっておりましてな。おじょうさんたちのどなたか、うちのピアノを弾《ひ》きに来《き》てくださらんかと思《おも》いましてね。」

ローレンスさんが、ベスに聞《き》こえるようにいうと、もっと大《おお》きな明《あか》るい声《こえ》でつづけました。

「なに、ピアノの調子《ちょうし》がくるわんようにと思《おも》ってのことです。もし、来《き》てくださるなら、おじょうさんたちは、うちのだれにもあいさつなさることはない。生《い》け垣《がき》のそばのドアから入《はい》って、ただ、好《す》きなときに来《き》て、弾《ひ》いてくださるだけで。わしは、家《いえ》にいても、書斎《しょさい》にこもっておりますし、ローリーはたいてい出《で》かけていますし……」

そのときです。ベスがふるえるほどの勇気《ゆうき》を出《だ》して、声《こえ》をあげました。

「ロ、ローレンスおじいさま。わ、私《わたし》、ベスといいます。ピアノが大好《だいす》きなんです。もし、だれも聞《き》いてらっしゃらなくて、ご迷惑《めいわく》でないなら、ぜひ、ピアノを弾《ひ》きにおうかがいしたいです。」

「もちろん、だれも聞《き》いてませんとも。」

ローレンスさんは答《こた》えました。

「うちは、いつも半日《はんにち》は留守《るす》にしていますし、留守《るす》のあいだだけでも来《き》てくだささい。もし、だれかがいたとしても、いつでも来《き》て、弾《ひ》いてくださるだけで、ありがたいんです。」

「ほ、ほんとですか!?」

ベスは、ぱあっと顔《かお》をかがやかせました。

「わしにも、おじょうちゃんみたいな孫娘《まごむすめ》がいたんですよ。だから、ほんとに、いつでもいらっしゃい。」

その翌日《よくじつ》、おとなりのお屋敷《やしき》から、馬車《ばしゃ》に乗《の》ったローレンスさんとローリーが出《で》かけていきました。それを見《み》とどけたベスは家《いえ》を出《で》ると、何度《なんど》か庭《にわ》を行《い》ったり来《き》たりしてから、そーっと、生《い》け垣《がき》のそばのドアからお屋敷《やしき》に入《はい》りました。

客間《きゃくま》には、夢《ゆめ》のようにりっぱなグランドピアノがありました。譜《ふ》面台《めんだい》にはやさしい楽譜《がくふ》もおいてあります。

ベスはためらいながら、ふるえる指《ゆび》でピアノにふれました。美《うつく》しく澄《す》んだ音色《ねいろ》がひびいて、その瞬間《しゅんかん》から、ベスは時間《じかん》をわすれてピアノを弾《ひ》きつづけたのです。

それ以来《いらい》、ベスは毎日《まいにち》生《い》け垣《がき》をすりぬけ、おとなりのお屋敷《やしき》に通《かよ》いました。ベスがピアノの美《うつく》しい音色《ねいろ》をかなでているとき、じつはローレンスさんが書斎《しょさい》のドアをあけて耳《みみ》をかたむけたり、ローリーが、だれも客間《きゃくま》に近《ちか》づかないようにみはっていてくれたりしていたなんて、ベスはちっとも知《し》りませんでした。

数週間後《すうしゅうかんご》、ベスはマーチ夫人《ふじん》にいいました。

「お母《かあ》さん、私《わたし》、ローレンスおじいさまにお礼《れい》がしたいの。部屋《へや》ばきをぬってさしあげようと思《おも》うけど、いいかしら？」

「ええ、いいですとも。きっとよろこばれるわ。材料《ざいりょう》は、お母《かあ》さんが買《か》ってあげるわ。」

お母《かあ》さんが賛成《さんせい》してくれたので、ベスは、ジョーやメグに相談《そうだん》しながら、濃《こ》い紫地《むらさきじ》の部屋《へや》ばきをぬいあげ、かざりに三色《パン》すみれ《ジー》の刺《し》しゅうをしました。それにみじかいお礼《れい》の手紙《てがみ》をつけて、ジョーにあずけて、ジョーからローリーへ、ローリーからローレンスさんに、こっそりプレゼントしてくれるようにたのみました。

ベスはどんなお返事《へんじ》がくるかしらとドキドキしていましたが、つぎの日《ひ》もそのつぎの日《ひ》も、お返事《へんじ》はありませんでした。

ローレンスさんは気《き》を悪《わる》くなさったのかと、ベスが不安《ふあん》になってきたころです。

この日《ひ》、ハンナに買《か》い物《もの》をたのまれて、ベスは出《で》かけました。

家《いえ》のそばまで帰《かえ》ってくると、マーチ家《け》の窓《まど》という窓《まど》に、みんなが顔《かお》を出《だ》して、手《て》をふっているのが見《み》えました。

「**ベス！　ローレンスさんからお手紙《てがみ》が……！**」

エイミーが声《こえ》をうわずらせてさけびました。

ベスはびっくりして、家《いえ》までかけていきました。玄関《げんかん》ではみんなが待《ま》ちかまえていて、ベスをつかまえると居間《いま》までつれていきました。

「ほら、見《み》て！」

ジョーが指《ゆび》さした先《さき》を見《み》て、ベスは息《いき》がとまりそうになりました。

そこには、かわいいアップライト型《がた》のピアノがおいてあったのです。鍵盤《けんばん》のふたの上《うえ》に、「エリザベス・マーチ嬢《じょう》へ」と書《か》かれた封《ふう》筒《とう》がのっていました。

「わ、私《わたし》になの？」

ベスはあんまりにおどろいて、立《た》ちすくんでしまいました。

「そうよ。早《はや》く、手紙《てがみ》を読《よ》んでみて！」

ジョーがいいました。

封筒《ふうとう》には、手紙《てがみ》とピアノの鍵《かぎ》が入《はい》っていました。

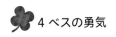

心臓《しんぞう》がドックンドックン大《おお》きな音《おと》をたてています。とたんに、頭《あたま》がくらくらしてきて、ベスはジョーにしがみつきました。

「わ、私《わたし》、読《よ》めない……姉《ねえ》さん、読《よ》んでみて！」

ジョーはベスをぎゅっとだきしめると、かわりに手紙《てがみ》を読《よ》んでくれました。

拝復《はいふく》　エリザベス・マーチ嬢《じょう》どの

三色《パンジー》すみれは、わたしが大好《だいす》きな花《はな》です。この花《はな》を見《み》るたびに、心《こころ》やさしき贈《おく》り主《ぬし》を思《おも》いだすことでしょう。おかえしに、なにかをさしあげたく、亡《な》くなった孫娘《まごむすめ》の形見《かたみ》のピアノをお贈《おく》りします。心《こころ》よりの感謝《かんしゃ》をこめて。

あなたの友《とも》であり、しもべなるジェームズ・ローレンス

ローレンスさんの手紙《てがみ》は古風《こふう》だったけれど、やさしさにあふれていて、ベスの青《あお》い瞳《ひとみ》からぽろぽろ大《おお》つぶの涙《なみだ》がこぼれおちました。

「なんてすてきなの！　ベス姉《ねえ》さんにこんなロマンチックなお手紙《てがみ》を書《か》いてくださるなんて、あたし、学校《がっこう》で自慢《じまん》しちゃおう！」

エイミーがうっとりといいました。

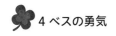

「さ、ベス。弾《ひ》いてごらんよ！」

ジョーがいうので、ベスはピアノの前《まえ》にすわって、そうっと、白《しろ》と黒《くろ》がならんだ鍵盤《けんばん》にふれてみました。

ポロロロ……ン
美《うつく》しく澄《す》んだ音色《ねいろ》にはみごとにくるいがなくて、調律《ちょうりつ》したばかりの音《おと》だとわかりました。

「ベス、お礼《れい》にうかがわなくちゃね。ローレンスさんはお金持《かねも》ちだけど、お金《かね》に代《か》えられない大切《たいせつ》なものをくださったんだよ。」

ジョーはそういったものの、恥《は》ずかしがりやのベスがローレンスさんにお礼《れい》をいいに行《い》けるなんて思《おも》ってもいませんでした。

けれども、ベスはすぐ立《た》ちあがったのです。

「そうね、すぐうかがうわ！　考《かんが》えてるうちにこわくなっちゃうと行《い》けなくなるから。」

そのまま、家《いえ》を出《で》て、生《い》け垣《がき》をすりぬけていくベスを、みんなは、ポカンとして見送《みおく》りました。

ハンナまでが、「あらあら、ベス嬢《じょう》ちゃん、どうかしちゃった！あんなに気《き》の弱《よわ》い子《こ》が！」とおどろきました。

そのあとベスのしたことを見《み》たら、みんなはもっとおどろいたでしょう。

ベスは、いつもなら絶対近《ぜったいちか》づかないローレンスさんの書斎《しょさい》へまっすぐ歩《ある》いていき、ドアをノックしてあけると、書《か》きものの机《づくえ》の前《まえ》で目《め》をみはっているローレンスさんに手《て》をさしのべたのです。

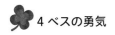

「お、おじいさま、私《わたし》、お礼《れい》を申《もう》しあげたくて……だ、だって、あんな……」

そこまでいって、ベスはつづけられなくなりました。この方《かた》が愛《あい》するお孫《まご》さんを亡《な》くされたのだと思《おも》って、胸《むね》がつまってしまったのです。

ローレンスさんは、そんなベスを見《み》つめて、あたたかいほほえみをうかべました。

涙《なみだ》ぐんだベスは、ふいにローレンスさんの首《くび》に両手《りょうて》をまわして、そのほおにキスしたのでした。

ベスを気《き》の弱《よわ》いおじょうちゃんだと思《おも》っていたローレンスさんは、とてもおどろきましたが、ベスの涙《なみだ》と心《こころ》のこもったキスに感激《かんげき》して、

そのままベスをだきかかえ、ひざにのせました。
それから、愛《いと》しい孫娘《まごむすめ》が帰《かえ》ってきたかのように、ほおずりして涙《なみだ》をながしたのでした。
その日《ひ》、ベスは、マーチ家《け》の門《もん》まで、ローレンスさんに送《おく》られて帰《かえ》ってきました。そして、その日《ひ》から、ふたりは本当《ほんとう》のおじいさまと孫娘《まごむすめ》のようになかよくなったのです。

5 ライム事件《じけん》

末《すえ》っ子《こ》のエイミーは、鼻《はな》ぺちゃが気《き》に入《い》らないといって、毎晩《まいばん》、鼻《はな》を高《たか》くするために、洗《せん》たくバサミでつまんで寝《ね》ています。おかげで朝《あさ》は洗《せん》たくバサミのあとが消《き》えるまで、家《いえ》でじっと待《ま》っていることが多《おお》いのですが、その日《ひ》は朝早《あさはや》くから、窓《まど》ぎわで鼻《はな》をさすりながら、馬《うま》に乗《の》って出《で》かけていくローリーを見送《みおく》っていました。

「ああ、あたしもローリーみたいにきれいで、お金持《かねも》ちならいいのに！」

エイミーがつぶやいたので、部屋《へや》をそうじしていたメグが聞《き》きかえしました。

「エイミーったら、今《いま》のままで十分《じゅうぶん》きれいよ。それに、なんなの？　お金持《かねも》ちなら……って。」

「**ライムよ。**あたし、学校《がっこう》のみんなに、**ライムの借《か》り**があるの。」

ライムというのは、みどり色《いろ》のすっぱい果実《かじつ》ですが、砂糖《さとう》をくわえてピクルスにすると、あまずっぱくなってとてもおいしいのです。それをおごったり交換《こうかん》したりするのが、エイミーの学校《がっこう》で流行《りゅうこう》していたのでした。

「みんな、ライムを買《か》ってきて、授業中《じゅぎょうちゅう》もしゃぶってるし、なかよしのしるしにおごってくれたりするの。なのに、あたしだけ、おこづかいがなくて、ライムをおごりかえすことができないのよ。」

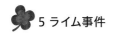

「学校《がっこう》に食《た》べ物《もの》を持《も》っていったりしちゃいけないって、デイビス先《せん》生《せい》にいわれてるんじゃなかった？」

メグはまゆをひそめましたが、エイミーはぷんと、ほおをふくらませました。

「だいじょうぶよ、あたし、先生《せんせい》に気《き》に入《い》られてるし。このあいだだって、あたしの絵《え》、教室《きょうしつ》にかざられたのよ。優等生《ゆうとうせい》なの。それに、ライムは、みんな持《も》ってきてるもん！」

メグはふうとため息《いき》をつくと、「しょうがないわね。」と、おこづかいをあげました。

「ありがとう！　大好《だいす》き!!」

つぎの日《ひ》、エイミーはライムを二十五個《こ》も買《か》って学校《がっこう》に行《い》きました。それをとくいげに見《み》せびらかしたものですから、エイミーがライムをみんなに山《やま》ほどごちそうするつもりらしい、というニュースはまたたくまに学校《がっこう》じゅうに知《し》れわたりました。

おかげで同級生《どうきゅうせい》たちはみんな、「絵《え》がうまい。」だとか「将来《しょうらい》、芸術家《げいじゅつか》になれる。」だとかいって、エイミーをちやほやしました。

これまで、エイミーにいじわるだったジェニー・スノーもです。

「ねえ、今《いま》までの私《わたし》、あなたにひどかったわ。なかなおりしましょう。算数《さんすう》の答《こた》えもおしえてあげる。」

エイミーは口《くち》をまげて、はんと笑《わら》いました。

「あら、ジェニー。いつも、つんとしてるのに、ライムのにおいはかぎつけられるのね。 でも、算数《さんすう》の答《こた》えなんて、おしえてくれなくてけっこうよ。あなたには、ライムをぜ～ったいあげないから。」

「な、なによ！ えらそうにっ！」

ジェニーは、思《おも》いきりエイミーをにらみつけて、教室《きょうしつ》を出《で》ていってしまいました。

それからしばらくして、おそろしい顔《かお》のデイビス先生《せんせい》がやってきて、教卓《きょうたく》を**バン！** とたたきました。

「みなさん、しずかに！」

さっきまでさわがしかった教室《きょうしつ》が、一瞬《いっしゅん》でしーんとなりました。

「**この教室《きょうしつ》にライムを持《も》ってきた人《ひと》がいます。**学校《がっこう》では禁止《きんし》だと、何度《なんど》もいったのにもかかわらず。」

エイミーはぎくりとしました。あわてて うしろの席《せき》を見《み》ると、ジェニーはにやにや笑《わら》っています。

（あいつ、先生《せんせい》にいいつけたわね！）

「エイミー・マーチ。持《も》っているライムを全部《ぜんぶ》よこしなさい。」

先生《せんせい》のするどい声《こえ》がひびきわたりました。

エイミーはのろのろと机《つくえ》のなかのライムを出《だ》すと、先生《せんせい》のところに持《も》っていって、教卓《きょうたく》の上《うえ》におきました。

先生《せんせい》は、じろりと、エイミーをにらみつけました。

「このふゆかいなものを二個《こ》ずつ、のこらず窓《まど》からすてなさい。」

みんなが、いっせいにため息《いき》をつくのが聞《き》こえました。あのみずみずしいライム、放課後《ほうかご》みんなで食《た》べることになっていたのに……。

エイミーは大切《たいせつ》なライムを二個《こ》、窓《まど》から投《な》げすてました。くやしさとはずかしさで、顔《かお》が熱《あつ》くなりましたが、先生《せんせい》はもちろん二個《こ》だけではゆるしてくれません。

もう二個《こ》、もう二個《こ》と、エイミーは窓《まど》と教卓《きょうたく》を何度《なんど》も行《い》ったり来《き》たりしては、すべてのライムを投《な》げすてました。

ところが、先生《せんせい》のおしおきは、それだけではすみませんでした。

「あなたには、本当《ほんとう》にがっかりです。**エイミー・マーチ、手《て》を出《だ》しなさい。**」

教室《きょうしつ》がざわっとなりました。先生《せんせい》は、ムチでエイミーをぶつつもりなのです。

エイミーが歯《は》を食《く》いしばって手《て》をさしだすと、とたんに、何度《なんど》もムチでぶたれました。それは強《つよ》すぎたわけでも、多《おお》すぎたわけでもありません。でも、優等生《ゆうとうせい》だったエイミーにとって、はじめてのムチ打《う》ちだったのです。

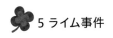

エイミーは家《いえ》へ帰《かえ》ってから、大泣《おおな》きして、今日《きょう》、自分《じぶん》がデイビス先生《せんせい》にされたことを、家族《かぞく》に話《はな》しました。

メグは、自分《じぶん》のあげたおこづかいのせいで、こんなことになるなんて、と、エイミーのてのひらを手当《てあ》てしてくれました。

ベスは、ショックで顔《かお》がまっ青《さお》になり、ジョーはかんかんに怒《おこ》って、デイビス先生《せんせい》を逮捕《たいほ》すべきだとさけびました。

でも、お母《かあ》さんのマーチ夫人《ふじん》だけはちがいました。しずかにエイミーにいいきかせたのです。

「エイミー、今日《きょう》のことは、あなたが学校《がっこう》のルールをやぶったから起《お》きたのよ。あなたもいけなかったの。」

エイミーはかっとなって、いいかえしました。

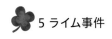

「じゃ、あたしがムチでぶたれたり、あんな恥《はじ》をかかされたのは、とうぜんだっていうの!?」

「いいえ、お母《かあ》さんだったら、あやまちをつぐなわせるのに、そんならんぼうなやり方《かた》はしないわ。でも、あなたはこのごろ、すこし、自分《じぶん》がえらいと思《おも》いすぎているようね。絵《え》が上手《じょうず》だったり、いろんな才能《さいのう》があっても、人《ひと》はつつましく、ひかえめでないといけませんよ。」

そのとき、ジョーのところに遊《あそ》びに来《き》ていたローリーが、かろやかにいいました。

「ぼく、そういう人《ひと》なら知《し》ってますよ。その子《こ》はすごく音楽《おんがく》の才能《さいのう》があるのに、自分《じぶん》は気《き》づいてないんです。もし、だれかがほめてあげても、とんでもないって首《くび》をふるようなひかえめな人《ひと》なんです。」

ローリーがいったのが、ベスのことだとわかったジョーは、かわいがっているベスをほめてくれたローリーに感激《かんげき》しましたが、かんじんのベスは、ソファーで、きょとんとしていました。

「ありがとう、ローリー。」

お母《かあ》さんはローリーにほほえむと、エイミーにいいました。

「ほら、お手本《てほん》なら、あなたのそばに何人《なんにん》もいてくれるわ。このローリーだって、とてもひかえめで、親切《しんせつ》で、すてきな人《ひと》でしょ。あなたは今日《きょう》からしばらく学校《がっこう》へは行《い》かないで、みんなをお手本《てほん》にして、家《いえ》で勉強《べんきょう》なさい。先生《せんせい》には、私《わたし》が手紙《てがみ》を書《か》くわ。」

お母《かあ》さんの言葉《ことば》に、エイミーはすこし反省《はんせい》しましたが、それですっかり心《こころ》をいれかえた、というわけにはいきませんでした。末《すえ》っ子《こ》でみんなにかわいがられてきたエイミーは、やっぱり、まだちょっと、うぬぼれていたのかもしれません。

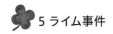

6 ジョーとエイミー

「あら、姉《ねえ》さんたち、どこへ行《い》くの？」

土曜日《どようび》の午後《ごご》、メグとジョーが出《で》かけるしたくをしていると、エイミーがたずねました。

「おとなのお出《で》かけよ。子《こ》どもには関係《かんけい》ないの。」

ジョーはつっけんどんにいいました。

むっとしたエイミーは、ジョーより自分《じぶん》をあまやかしてくれるメグにいいました。

「ねえ、メグ姉《ねえ》さん。あたしもつれてって！　ベス姉《ねえ》さんったら、お人形《にんぎょう》や猫《ねこ》とばかり遊《あそ》んでて、あたし、やることがないんだもん。」

「それがね、つれていけないの。今日《きょう》は招待《しょうたい》された人《ひと》だけしか行《い》けないのよ……。」

メグがいうと、ジョーがさえぎりました。

「姉《ねえ》さん、この子《こ》にいっちゃダメ。エイミーは赤《あか》ん坊《ぼう》みたいに、ききわけがないんだから！」

そのとき、エイミーは、ハッと思《おも》いあたりました。

「わかったわ！　姉《ねえ》さんたち、ローリーとお出《で》かけなのね。おしばいを観《み》に行《い》くんでしょ！　妖精《ようせい》が出《で》てくるお話《はなし》ね！　それなら、あたしだって観《み》に行《い》ってもいいはずだわ。」

いそいそとブーツをはきだしたエイミーを、メグはなだめました。

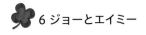

「お母《かあ》さんに、来週《らいしゅう》、つれてってもらいなさい。今日《きょう》はだめなの。」

けれども、エイミーはさけびました。

「いやよ！　姉《ねえ》さんたちやローリーといっしょでなきゃ、楽《たの》しくないわ。おねがいっ、つれてって！」

メグはためいきをついて、あきらめたようにいいました。

「こんなにいってるんだから、つれてってあげてはどうかしら？」

けれど、ジョーはきっぱりいいきりました。

「この子《こ》が行《い》くんなら、私《わたし》は行《い》かない。席《せき》が足《た》りなくなるじゃない。ローリーは私《わたし》たちだけを招待《しょうたい》したのに、エイミーの席《せき》まで買《か》ってもらうわけにいかないでしょ。」

「あたし、自分《じぶん》の席《せき》ぐらい、ためたおこづかいで買《か》うわ。ローリーのお世話《せわ》になんかならないから！」

「**エイミー、いいかげんにしなさい！**」

ジョーは大声《おおごえ》をあげました。

「今日《きょう》になって、あんたがチケットを買《か》っても、私《わたし》たちは予約席《よやくせき》なんだから、いっしょにはすわれないよ。かといって、姉《あね》として、あんたをひとりですわらせるわけにいかないし。けっきょく、ローリーに席《せき》をゆずってもらうことになるの。そんな迷惑《めいわく》までかけていいと思《おも》う？　もういいから、そこでじっとしてなさい！」

ジョーにしかられ、エイミーが泣《な》きだしたとき、玄関《げんかん》で、ローリーが呼《よ》ぶ声《こえ》が聞《き》こえました。

ふたりはだだっ子《こ》のエイミーをおいて、出《で》かけようとしました。

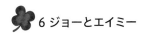

そのとき、エイミーが立《た》ちあがってさけびました。

「後《あと》で、後悔《こうかい》するといいわっ。ジョー、おぼえてらっしゃいっ！」

そうやって、ようやく観《み》に行《い》ったおしばいはとてもおもしろかったのに、ジョーは心《こころ》から楽《たの》しめませんでした。舞台《ぶたい》に、金髪《きんぱつ》で巻《ま》き毛《げ》の妖精《ようせい》が登場《とうじょう》すると、エイミーを思《おも》いだしてしまうのです。

（もうすこし、やさしくいってあげればよかったかな……）

その日《ひ》、ジョーとメグが帰《かえ》ってくると、エイミーはふてくされたまま、だまって本《ほん》を読《よ》んでいました。

ベスはいつもどおり、かわいくおしばいのことをたずねてきたので、ジョーもメグも、おもしろかった話《はなし》をしてあげました。

そのあいだ、エイミーはそっぽをむいていました。

屋根《やね》うらの自分《じぶん》の部屋《へや》にもどったジョーは、タンスの引《ひ》き出《だ》しがひっくりかえされていないのをたしかめました。

エイミーは、ときどきケンカをすると、ジョーのタンスの引《ひ》き出《だ》しをひっくりかえしたり、バッグや帽子《ぼうし》をふんづけたりするのです。

どの引《ひ》き出《だ》しも、バッグも帽子《ぼうし》もぶじだったので、ほっとしたあと、ジョーは大切《たいせつ》なものがなくなっているのに気《き》づきました。

ジョーは階段《かいだん》をかけおり、居間《いま》にとびこんでさけびました。

「だれかっ、私《わたし》の原稿《げんこう》、どこかにやった⁉」

何《なん》カ月《げつ》もかかって書《か》いては書《か》き直《なお》し、お父《とう》さんが帰《かえ》ってくるまでには完成《かんせい》させようと思《おも》っていた大切《たいせつ》な原稿《げんこう》がなくなっていたのです。

「知《し》らないわ。」

メグとベスが首《くび》をふりました。

そのとき、だまってだんろの火《ひ》をいじっていたエイミーの顔《かお》が、一瞬緊張《いっしゅんきんちょう》したように見《み》えました。

「エイミー、あんたっ……！」

とっさに、ジョーはエイミーにくってかかりました。

「原稿《げんこう》をかくしたでしょ！」

ところが、エイミーはすましていいました。

「そんなもの、かくしてないし、知《し》らないわ。」

ジョーはカッとなって、エイミーの肩《かた》をつかみました。

「うそつきっ。あんた以外《いがい》のだれが、私《わたし》の原稿《げんこう》をどこかにやるっていうの！」

ジョーがどなりつけると、エイミーはそっぽをむきました。

「かってにガミガミ怒《おこ》ってればいいわ。あんたはあのくだらない原《げん》稿《こう》には二度《にど》とお目《め》にかかれないのよ。**燃《も》やしちゃったんだから。**」

みるみる、ジョーの顔《かお》は青《あお》ざめました。

「う、うそ…!?」 何度《なんど》も何度《なんど》も書《か》き直《なお》して、やっと清書《せいしょ》した大切《たいせつ》な原《げん》

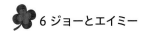

稿《こう》を燃《も》やしちゃったっていうの!?」

「そうよっ、燃《も》やしたわっ。後悔《こうかい》するから、おぼえてろっていったでしょ！」

エイミーの言葉《ことば》に、ジョーは悲《ひ》鳴《めい》のような声《こえ》をあげました。

「ひどいっ、なんてひどい子《こ》っ！もう二度《にど》と書《か》けないのにっ……。一生《いっしょう》、絶対《ぜったい》、ゆるさないっ！」

エイミーの肩《かた》をゆさぶるジョーに、メグがかけよりました。

「ジョー、おちついて……！」

ジョーはメグの手《て》をふりほどくと、エイミーのほおをひっぱたいて、屋根《やね》うら部屋《べや》までかけあがり、わっと、ソファーに倒《たお》れこみました。泣《な》いてはいませんでしたが、それより深《ふか》い絶望《ぜつぼう》にうちのめされていたのです。

そのすぐあと、エイミーはお母《かあ》さんやメグから、どんなにいけないことをしたのかを、こんこんといいきかされました。

おかげで自分《じぶん》がとんでもないことをしでかしたと気《き》づいたエイミーは、ジョーに何度《なんど》も「ごめんなさい。」「ゆるして。」とあやまりました。でも、ジョーはどうしたって、ゆるせませんでした。

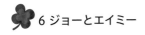

ある日《ひ》、ジョーが家《いえ》に帰《かえ》ると、お母《かあ》さんがそっと語《かた》りかけました。

「ねえ、ジョー。いつまでも腹《はら》をたてていてはいけませんよ。おたがいゆるしあって、助《たす》けあって生《い》きていかなければ。」

ジョーはまゆをひそめて、居間《いま》で絵《え》をかいているエイミーに目《め》をやりました。背中《せなか》をむけていますが、聞《き》き耳《みみ》をたてているのがわかりました。

「ゆるしてもらおうだなんて、虫《むし》がよすぎるよ！」

ジョーのするどい声《こえ》に、エイミーの肩《かた》がぴくりとふるえました。

メグとベスが悲《かな》しげに目《め》をふせます。

エイミーをゆるさないでいることが、家《いえ》じゅうに暗《くら》い影《かげ》を落《お》としていましたが、ジョーは、どうしても怒《いか》りをしずめることができませんでした。

（もう、いい。ローリーとスケートに行《い》こうっと！　ローリーなら私《わたし》をきっとなぐさめてくれるはずだよ。）

ジョーは、スケートぐつを持《も》って家《いえ》を出《で》ていきました。

「こんどはいっしょにスケートにつれてってくれるって、前《まえ》にいってたのに……。いつまでむくれてるのよ、おこりんぼっ。」

エイミーが小声《こごえ》でぶつぶつ文句《もんく》をいいました。

「そんなこといわないの。あなたが悪《わる》いことをしたんだから。……

でも、もう一度《いちど》、きちんとあやまれば、ゆるしてくれるかもしれないわ。きげんがよさそうなときに、そっとキスしてみるとか。」

メグがなだめると、エイミーは小《ちい》さな子《こ》どもみたいに顔《かお》をかがやかせました。

「ほんと？　そしたら、またあたしと遊《あそ》んでくれるかな!?」

こうしちゃいられないと、エイミーはスケートぐつとコートをつかむと、もう見《み》えなくなりそうなジョーを追《お》いかけました。なかたがいしていても、エイミーは、ジョーと遊《あそ》ぶのが大好《だいす》きなのです。

家《いえ》から川《かわ》までは遠《とお》くなかったので、エイミーが追《お》いついたときには、ジョーとローリーはもうすべりだすところでした。

ジョーはうしろから追《お》いかけてきたエイミーに気《き》づいたのですが、

くるりと背《せ》をむけてしまいました。

ローリーは、エイミーにまったく気《き》づいていないようすです。

「あのあたりまで川《かわ》をくだってみて、氷《こおり》がわれないか、たしかめてこよう。」

そういってローリーはいきおいよくすべっていきます。ジョーも、わざとエイミーを無視《むし》して、すべりだしました。

「岸《きし》にそって！　川《かわ》のまんなかはあぶないよ！」

ローリーのさけび声《ごえ》がエイミーに聞《き》こえたかどうか、ジョーはたしかめようとしませんでした。

（あんな子《こ》、どうなったって知《し》らない！）

川《かわ》のカーブをまがろうと、体《からだ》をかたむけたときです。

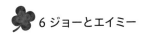

ジョーがふりかえると、ずっと遠《とお》くで、青《あお》いフードのエイミーが、川《かわ》のまんなかにむかってすべろうとしていました。

（あ……っ。）

ジョーはハッとして、とまりました。

その瞬間《しゅんかん》です。

バリン！

エイミーの足《あし》もとの氷《こおり》が音《おと》をたててわれて、大《おお》きな水《みず》しぶきがあがりました。エイミーが冷《つめ》たい川《かわ》にのみこまれてしまったのです。

黒《くろ》い水面《みなも》に見《み》えたのは、青《あお》いフードだけ。

とっさにジョーはローリーを呼《よ》ぼうとしましたが、声《こえ》が出《で》ませんでした。急《いそ》いでかけつけようとしても、足《あし》がガクガクして、なかなか前《まえ》へ進《すす》めません。

と、ジョーのわきをローリーがすばやくすべりぬけました。

「柵《さく》の横木《よこぎ》を取《と》ってきてっ！　はやく、はやくっ！」

ローリーはエイミーの落《お》ちたわれめのそばに腹《はら》ばいになると、必《ひっ》死《し》でエイミーのうでをつかみました。

ジョーはもうなにも考《かんが》えられず、いわれるまま、長《なが》い横木《よこぎ》を柵《さく》からはがして、ローリーのところまではこびました。

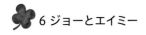

それから、さらにわれそうな氷《こおり》の上《うえ》に横木《よこぎ》をのせると、ふたりでエイミーをつかんで、その上《うえ》に引《ひ》っぱりあげようとしました。

（神《かみ》さまっ、おねがいっ。エイミーを助《たす》けてっ！）

ジョーはいのりながら、ローリーといっしょに力《ちから》いっぱいエイミ

ーを引《ひ》きあげました。エイミーはすっかりぬれねずみで、がたがたとふるえ、大泣《おおな》きしています。

「さあ、ぼくらの上着《うわぎ》をすぐ着《き》せて！　早《はや》くつれてかえろう！」

ローリーは自分《じぶん》のコートをぬいで、ジョーにいいました。

ジョーはエイミーに着《き》せられるだけ服《ふく》を着《き》せると、ローリーとふたりがかりでエイミーを家《いえ》につれてかえりました。

玄関《げんかん》では、メグやお母《かあ》さんたちがびっくりして、エイミーにかけよりました。何重《なんじゅう》にも毛布《もうふ》をまかれて、やがて、エイミーがだんろの前《まえ》ですやすや眠《ねむ》りはじめても、ジョーはエイミーのそばをはなれることはできませんでした。

「もうだいじょうぶよ。ケガもないし、風邪《かぜ》もひかないでしょう。あなたたちが、しっかりくるんで、すぐつれてかえってくれたおかげよ。」

お母《かあ》さんが明《あか》るい声《こえ》でいいました。

「私《わたし》じゃないの。ぜんぶ、ローリーがしてくれたのよ。もし、この子《こ》が死《し》ぬようなことがあれば、私《わたし》のせいなの！」

ジョーはくちびるをかみしめました。あのとき、追《お》いかけてきたエイミーがどうなっても知《し》らないと思《おも》ってしまった自分《じぶん》が、ゆるせなかったのです。

「私《わたし》の怒《おこ》りっぽい性格《せいかく》がいけないの。ゆるさなきゃって思《おも》うのに、一度《いちど》怒《おこ》りだすととめられなくて……。お母《かあ》さん、助《たす》けて。私《わたし》、こわいの。**いつか、だれかをひどく傷《きず》つけたり、殺《ころ》してしまうことになるかもしれないって！**」

ジョーの目《め》から、いっきに涙《なみだ》があふれだしました。

お母《かあ》さんはジョーのくしゃくしゃになった頭《あたま》を肩《かた》にひきよせると、つめたいほおにやさしくキスしました。

「助《たす》けてあげますとも。今日《きょう》のことをわすれないで、二度《にど》とこんなことしないと誓《ちか》うの。欠点《けってん》がなおらないなんてあきらめてはだめ。

人《ひと》はみんな、自分《じぶん》の感情《かんじょう》にまかせて、だれかを傷《きず》つけてしまうことがあるのよ。お母《かあ》さんも、そう。」

「お母《かあ》さんも？」

ジョーは、お母《かあ》さんのおだやかな顔《かお》を見《み》あげました。

「だれだっておなじよ、ジョー。ただ、それをおさえられるかどうかなの。お母《かあ》さんだって、怒《おこ》ってることを顔《かお》に出《だ》さないようにするのに、四十年《ねん》もかかったのよ。今《いま》でも怒《おこ》ってしまうことがあるし、本当《ほんとう》に怒《おこ》らなくなるまでには、もう四十年《ねん》かかるかもしれないわ。」

「ああ、私《わたし》、お母《かあ》さんの半分《はんぶん》もできそうにないよ……」

ジョーがいうと、お母《かあ》さんはほほえみました。

「だいじょうぶよ。私《わたし》も、あなたぐらいのころは母《はは》が助《たす》けてくれたの。結婚《けっこん》してからは、あなたのお父《とう》さんが助《たす》けてくれたわ。ふたりともわたしを信《しん》じてくれた。そばに、そういうやさしい人《ひと》がいて、その人《ひと》を悲《かな》しませたくないと思《おも》えば、自分《じぶん》をおさえられるようになるのよ。自分《じぶん》のためより、だれかのためにがんばることのほうが楽《らく》なの。**私《わたし》もあなたも、だれだってきっとできるわ。**」

お母《かあ》さんは、ジョーの手《て》を取《と》りました。

その手《て》は、無我夢中《むがむちゅう》で、川《かわ》の柵《さく》の横木《よこぎ》をはがしたせいで、あちこち傷《きず》ついていました。

「この手《て》は人《ひと》を殺《ころ》すこともできるけど、あなたは妹《いもうと》を救《すく》ったのよ。もう、自分《じぶん》を責《せ》めないでだきしめてあげなさい。」

そういって、お母《かあ》さんはジョーをぎゅっとだきしめました。

ジョーはお母《かあ》さんにはげまされ、エイミーの眠《ねむ》っているソファーに近《ちか》づきました。

(ごめんね、エイミー、いじわるして……)

ジョーは、エイミーのしめった金髪《きんぱつ》をそっとなでました。

すると、エイミーはぱっちり目《め》をひらき、両手《りょうて》をさしのべたのです――にっこり笑《わら》って。

ジョーは、何枚《なんまい》もの毛布《もうふ》ごと、エイミーとだきあい、心《こころ》からゆるしあうキスをしました。

7 戦場《せんじょう》からの電報《でんぽう》とジョーの髪《かみ》

ある晴《は》れた土曜日《どようび》のことです。

ジョーとローリーが、庭《にわ》じゅうを走《はし》りまわって追《お》いかけっこをしたり、新聞《しんぶん》を取《と》りあったりして、やけにはしゃいでいました。

なにがおかしいのか、くすくす笑《わら》いあっているふたりを見《み》て、窓《まど》辺《べ》でぬいものをしていたメグはため息《いき》をつきました。

「いったいなににしてるの、ジョーったら。レディらしくする気《き》がぜんぜんないのね。」

「ジョー姉《ねえ》さんは、今《いま》のままのほうが面白《おもしろ》くてかわいいわ。」

ベスが、みんなのカップにお茶《ちゃ》をそそぎました。

「ジョー姉《ねえ》さんをおぎょうぎよくさせるなんて無理《むり》よ。」

エイミーは、レディみたいに金髪《きんぱつ》をカールさせています。

しばらくして、ジョーが家《いえ》にもどってくると、ごろんと横《よこ》になって新聞《しんぶん》を読《よ》みはじめたので、メグは「なにを読《よ》んでるの。おもしろい記事《きじ》でもあった？」とたずねました。

「小説《しょうせつ》かな？　たいしたことはないけど。」とジョーが答《こた》えました。

エイミーとベスが読《よ》んでほしいとせがむと、ジョーは早口《はやくち》でその小説《しょうせつ》を朗読《ろうどく》しました。

「おもしろいわ。」「書《か》いた人《ひと》はだれ？」

ふたりが聞《き》くので、ジョーはおもむろに起《お》きあがって、宣言《せんげん》しま

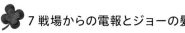

した。

「あなたたちの姉《あね》です！」

「ジョ、ジョーなの!?」

ぎょっとして、メグは手《て》にしていたぬいものを取《と》りおとしました。

ベスがジョーにとびついてさけびました。

「私《わたし》、わかってたわっ。ジョー姉《ねえ》さんがいつか作家《さっか》になれるって！

ああ、なんてすてきなのっ。」

「まあ！　それは、それは……！」

お母《かあ》さんのマーチ夫人《ふじん》までとびあがるようによろこびました。

新聞《しんぶん》はあらためて、みんなの手《て》から手《て》へわたりました。だれもが
口々《くちぐち》に、「いつ書《か》いたの？」「原稿料《げんこうりょう》はいくらもらえるの？」「ロー

リーはなんていってた？」「お父《とう》さんに知《し》らせたら、どうおっしゃるかしらね。」などといいあいました。

はじめての投稿《とうこう》だったので、原稿料《げんこうりょう》はもらえなかったけれど、つぎからはもらえるという話《はなし》や、新聞《しんぶん》にのったことで、これからは、プロとして独《ひと》り立《だ》ちができるというような話《はなし》を、ジョーはみんなにしました。

「さっきは、ローリーが新聞《しんぶん》を見《み》せろ見《み》せろっていうから、それで追《お》いかけっこをしていたんだ。ローリーは読《よ》んだら、感想《かんそう》をくれたよ。『よくできてる。もっと、どんどん書《か》いたらいい。』って。『今《こん》度《ど》は原稿料《げんこうりょう》をもらえるように、きっと、ぼくがしてあげるから！』って。」

ジョーは、本当《ほんとう》にうれしそうにいいました。

ローリーにほめられたことも、家族《かぞく》みんながよろこんでくれたことも、どれもうれしいことのようでしたが、これから、まずしいわが家《や》を助《たす》けてあげられるということが、いちばんうれしかったのかもしれません。

けれど、そのひと月後《つきご》、おそろしい電報《でんぽう》がとどきました。

マーチフジン　ドノ
ゴシュジン　キトク　スグ　オイデクダサイ

それは、戦地《せんち》の病院《びょういん》からでした。戦争《せんそう》へ行《い》ったお父《とう》さんが危篤《きとく》だというのです。

「どうしたらいいの!?　お父《とう》さんが心配《しんぱい》だわ！　……お母《かあ》さん、旅《りょ》費《ひ》はあるの？」

メグはまっ青《さお》になって、お母《かあ》さんにたずねました。

「いいえ、でも、なんとかするしかないわ！」

お母《かあ》さんは立《た》ちあがって、きっぱりいいました。

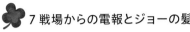

「ああ、私《わたし》の小説《しょうせつ》がもっとはやく新聞《しんぶん》にのっていたら、お金《かね》がもらえて、お母《かあ》さんを助《たす》けられたのに……！」

ジョーがくやしそうにいいました。

お母《かあ》さんはあわただしく、戦地《せんち》へむかう準備《じゅんび》をはじめました。かけつけてくれたローリーが馬《うま》を走《はし》らせ、電報《でんぽう》の返事《へんじ》や、旅費《りょひ》を借《か》りるための大伯母《おおおば》さまへの手紙《てがみ》を、かわりにとどけてくれました。ローリーから知《し》らせを受《う》けたローレンスさんも、思《おも》いつくかぎりのお見舞《みま》いを手《て》にしてやってきて、「マーチ夫人《ふじん》。お留守《るす》のあいだ、おじょうさんたちのことはまかせてください。」といって、戦地《せんち》までつきそってくれる人《ひと》もたのんでくれたのでした。

そのうちに、ローリーが、大伯母《おおおば》さまからの旅費《りょひ》をあずかってもどってきました。お金《かね》には、口《くち》うるさい手紙《てがみ》がついていたけれど、お母《かあ》さんはそれを見《み》ないようにして、荷物《にもつ》につめました。

さあ、いざ出発《しゅっぱつ》しようとして、あたりを見《み》まわすと、いつのまにか、ジョーだけがいません。

メグが不思議《ふしぎ》に思《おも》っていると、フードをかぶったジョーがひょっこり、外《そと》から帰《かえ》ってきました。

「ジョー、こんなときに、どこへ行《い》ってたの？」

「お母《かあ》さん、これ。」

ジョーがお札《さつ》のたばを、お母《かあ》さんに手《て》わたしました。

「旅《たび》にはなにかとお金《かね》が必要《ひつよう》でしょう。大伯母《おおおば》さまの旅費《りょひ》だけじゃたりないだろうし。」

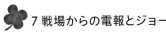

お母《かあ》さんもみんなもびっくりしました。

「こんなお金《かね》、どうしたの!?」

「悪《わる》いことなんかしてないから、安心《あんしん》して。私《わたし》のものを売《う》っただけだから。」

そういって、フードをぬいだジョーの頭《あたま》を見《み》て、そこにいたみんなはさけびました。

「髪《かみ》が！　ジョーのきれいな髪《かみ》がっ！」

ジョーの美《うつく》しいくり色《いろ》の長《なが》い髪《かみ》がぷっつり切《き》られて、男《おとこ》の子《こ》みたいに短《みじか》くなっていたのです。

「**どうして!?　あんなに大事《だいじ》にしてたのにっ。**」

エイミーが、悲《かな》しげな声《こえ》をあげました。

「なにも、ここまでしなくても……ほんとに男《おとこ》の子《こ》みたいじゃない……」

メグもため息《いき》をつきながら、ジョーの髪《かみ》をなでました。

「平気《へいき》だよ。髪《かみ》なんて、すぐのびるから。」

ジョーはさばさばした調子《ちょうし》でいうと、お母《かあ》さんの肩《かた》をぐっと強《つよ》くだきしめました。

「早《はや》く、お父《とう》さんを家《いえ》へつれてか

えってきてね。待《ま》ってるからね。」

その夜《よる》、メグはベッドに入《はい》ってもなかなか寝《ね》つけずに、今日《きょう》あったことを思《おも》いかえしていました。

ジョーが髪《かみ》を売《う》ったことは、ショックでした。自分《じぶん》にはとてもできないことを、ジョーがかんたんにやってのけたからです。

男《おとこ》の子《こ》みたいなジョーを、姉《あね》としていつもたしなめてきましたが、そんなことはどうでもよかったのかもしれません。ジョーは家族《かぞく》のために、自分《じぶん》がどう見《み》えるかなんて見栄《みえ》をすてたのです。

そのとき、となりのベッドからしくしくとすすり泣《な》く声《こえ》が聞《き》こえてきました。ジョーのベッドです。

メグは、ハッとしてとびおきました。

「ジョー、泣《な》いてるの？」

「ううん……」

ジョーはまくらで涙《なみだ》をぬぐって、ほほえみました。

「泣《な》いてなんかいないよ。」

メグはぎゅっと胸《むね》がくるしくなりました。

（ジョーはかんたんに髪《かみ》を売《う》ったわけじゃないんだわ。どうでもいいはずないのよ。）

メグは、ジョーの頭《あたま》をだきしめました。

「ジョー、つよがらなくていいのよ。男《おとこ》の子《こ》みたいに見《み》えたって、あなたは女《おんな》の子《こ》なんだから。きれいな髪《かみ》がなくなったら、悲《かな》しいに決《き》まってるわ。」

「メグ姉《ねえ》さん……」

いつもなら、男《おとこ》の子《こ》みたいなジョーが、小《ちい》さな女《おんな》の子《こ》のように、メグの胸《むね》にうずもれて、声《こえ》も出《だ》さずに泣《な》きました。

メグはそのジョーをだきしめたまま、子守《こも》り歌《うた》を歌《うた》うように、なぐさめつづけたのです。

8 クリスマスを、もう一度《いちど》

お母《かあ》さんが旅立《たびだ》って十日《とおか》がたちました。

戦地《せんち》からの手紙《てがみ》で、時間《じかん》がかかりそうだけど、お父《とう》さんの病状《びょうじょう》が快方《かいほう》にむかっているとわかりました。

ジョーたちはほっとして、すっかりいつもの生活《せいかつ》にもどりました。

いえ、いつもの、というよりも、それはいつもよりちょっとだけ気《き》がゆるんだ生活《せいかつ》だったかもしれません。

でも、ベスだけは今《いま》までどおり、こまごまとした仕事《しごと》をつづけていました。

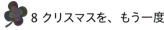

「ねえ、メグ姉《ねえ》さん。フンメルさんのおうちを見《み》に行《い》ってくれない？　お母《かあ》さんにたのまれてるわよね。」

「もうくたくたなの。今日《きょう》は行《い》けないわ。」

メグは、ロッキングチェアをゆらしていいました。

「ジョーはだめ？　もう風邪《かぜ》もよくなったみたいだし……」

「うーん。今日《きょう》は寒《さむ》いし、外《そと》に出《で》たらぶりかえしちゃいそう。小説《しょうせつ》も書《か》きたいし、ベスは行《い》けないの？」

ジョーがだんろの前《まえ》でごろごろしながらたずねると、ベスは首《くび》をふりました。

「私《わたし》は毎日《まいにち》行《い》ってるの。でも、赤《あか》ちゃんが病気《びょうき》で……。フンメルさんは仕事《しごと》に行《い》っちゃうし、赤《あか》ちゃんがどんどん悪《わる》くなってるみたい。

つぎは、姉《ねえ》さんたちに行《い》ってもらわないと。」

けれど、けっきょく、メグはつぎの日《ひ》も帰《かえ》るのがおそくて、ジョーは風邪薬《かぜぐすり》をのんで小説《しょうせつ》を書《か》きはじめたものの、気《き》づけばうとうとと眠《ねむ》ってしまいました。エイミーもまだ帰《かえ》ってこないし、ハンナまで台所《だいどころ》で居眠《いねむ》りをしていたので、ベスはまた、冷《つめ》たい風《かぜ》のなかをひとりで出《で》かけていきました。

ベスが帰《かえ》ってきたのは、ずいぶんおそくなってからでした。

物音《ものおと》に目《め》をさまして、屋根《やね》うら部屋《べや》からおりたジョーは、お母《かあ》さんのクローゼットにかくれているベスを見《み》つけました。

「えっ、いったい、どうしたの!?」

ジョーがベスに近《ちか》づこうとすると、ベスは「来《こ》ないで。」というように手《て》で制《せい》しました。

目《め》をまっ赤《か》にして、薬《くすり》のビンをにぎりしめています。

「姉《ねえ》さんたち、**猩紅熱《しょうこうねつ》**って、かかったことあったわね？」

「ずいぶん前《まえ》、メグ姉《ねえ》さんといっしょにかかったけど。でも、なぜ？」

すると、ベスはすすり泣《な》きをはじめました。

「フンメルさんの赤《あか》ちゃんが死《し》んだの……」

ジョーは、どきっとしました。ベスの顔《かお》は、クローゼットの暗《くら》がりにかくれていて、ジョーからはよく見《み》えませんでした。

「赤《あか》ちゃん……猩紅熱《しょうこうねつ》だったの。フンメルさんがお医者《いしゃ》さんを呼《よ》びに行《い》ってるあいだに、私《わたし》のうでのなかで死《し》んじゃった。お医者《いしゃ》の先《せん》生《せい》が来《き》て、なぜもっと早《はや》くみせなかったのかって怒《おこ》ったわ。フンメルさん、お金《かね》がなかったからって……。そしたら、ほかの子《こ》たちものどが痛《いた》いっていいだして、先生《せんせい》はみてくださったんだけど、みんなといっしょに泣《な》いてる私《わたし》には、『**すぐ帰《かえ》って、ベラドンナを飲《の》みなさい。そうしないと、病気《びょうき》がうつるから！**』って――」

ジョーはまっ青《さお》になって、ベスをだきしめました。

「なんてことっ！　私《わたし》が小説《しょうせつ》なんか書《か》いてたせいだ！　なまけてベスに仕事《しごと》をおしつけて……ああ、ぜんぶ私《わたし》のせい！」

ベスは、ベラドンナを飲《の》んだからだいじょうぶといいましたが、ジョーはあわててハンナに相談《そうだん》して、お医者《いしゃ》さんに来《き》てもらいました。

そして、まだ猩紅熱《しょうこうねつ》にかかったことのないエイミーを、大伯母《おおおば》さまの家《いえ》へあずけることにしたのです。泣《な》いていやがるエイミーを、ローリーがかけつけてきて、いいきかせてくれました。

「ぼくがぜったいきみに会《あ》いに行《い》くから。これはきみのためでもあるし、ベスの願《ねが》いなんだ。」

そうして、ローリーは、エイミーを、馬車《ばしゃ》で大伯母《おおおば》さまの家《いえ》へ送《おく》ってくれました。

一方《いっぽう》、ジョーは仕事《しごと》を休《やす》んで、毎日《まいにち》、ベスの看病《かんびょう》をしました。

けれども、ベスはどんどん熱《ねつ》があがってきて、とうとう、お医者《いしゃ》さんが「危険《きけん》な状態《じょうたい》です。お母《かあ》さまに帰《かえ》ってきていただいたほうがよろしいでしょう。」とおっしゃるようになったのです。

「おねがい、ベス、元気《げんき》になって……！」

意識《いしき》が遠《とお》くなり、こんこんと眠《ねむ》りつづけるベスに、ジョーは呼《よ》びかけました。家族《かぞく》にとって、心《こころ》やさしいベスは天使《てんし》なのです。

でも、それは、おとなりのローリーやローレンスさんにとってもおなじでした。どんなときでも、だれに対《たい》しても、いっぱいの愛《あい》をそそごうとする青《あお》い瞳《ひとみ》の天使《てんし》、それがベスだったのです。

「ああ、そんな……、そこまで悪化《あっか》してるなんて……」

ローリーは、ジョーからベスの病状《びょうじょう》を聞《き》いておどろきました。

「ベスはもう、メグや私《わたし》のこともわからないの。心配《しんぱい》させたくなくて、お母《かあ》さんには知《し》らせずにいたけど、さっき電報《でんぽう》を打《う》った。でも、まにあわないかもしれない……！」

ジョーはあふれてくる涙《なみだ》をとめられませんでした。

「お父《とう》さんもお母《かあ》さんもいない。神様《かみさま》も何《なに》も答《こた》えてくださらない！」

さまようようにのばしたジョーの手《て》を、ローリーがぎゅっとにぎってくれました。

「ジョー、ぼくがいるよ。ぼくにつかまって。だいじょうぶだ。」

それはあたたかく、力《ちから》づよい手《て》でした。ジョーを神様《かみさま》のもとへみ

ちびいてくれるような……そんな気《き》がしました。

ローリーは、ジョーの短《みじか》くなった髪《かみ》をくしゃくしゃとなでて、そっと、ひたいにキスしました。

「……じつはね、ジョー。ぼくとおじいさまで相談《そうだん》して、きのう、きみたちのお母《かあ》さんに電報《でんぽう》を打《う》ったんだ。そしたら、今晩《こんばん》帰《かえ》るって返事《へんじ》があった。真夜中《まよなか》の最終列車《さいしゅうれっしゃ》だから、ぼくがむかえに行《い》くよ。」

「ほ、ほんと?」

ジョーは目《め》をかがやかせて、ローリーを見《み》あげました。

「あっ、テディ。なんて感謝《かんしゃ》したらいいの!」

「感謝《かんしゃ》なんて……。きみたちはもうぼくの家族《かぞく》なんだから……」


その夜《よる》、ベスのベッドのまわりにみんながあつまり、ずっとベスにつきそっていました。窓《まど》の外《そと》には雪《ゆき》がふっています。すっかりわすれていましたが、今晩《こんばん》は、クリスマス・イブでした。

真夜中《まよなか》の午前《ごぜん》二時《じ》をすぎて、うたた寝《ね》していたジョーはハッと目《め》をさましました。

さっきまでベッドのそばでぬいものをしていたはずのメグが、床《ゆか》にひざまずいて、顔《かお》をおおっています。

なぜか、部屋《へや》のなかまで雪《ゆき》がふりつもったように、シーンと静《しず》かでした。

ジョーは、おそるおそるベスを見《み》ました。

ベッドに横《よこ》たわったベスのほおはいつものバラ色《いろ》ではなく、冷《つめ》たく青《あお》ざめていました。

(ま、まさか、ベスが死《し》んだ!? 私《わたし》のベスが……っ!)

ジョーは心《こころ》のなかで悲鳴《ひめい》をあげていました。

その悲鳴《ひめい》が聞《き》こえたように、ベッドのそばで居眠《いねむ》りをしていたハンナも目《め》をさましました。

ハンナはベスにかけより、手《て》をにぎったり、ベスの口《くち》もとに耳《みみ》をよせたりしてから、わっと、エプロンで顔《かお》をおおいました。

「ね、熱《ねっ》が……熱《ねっ》がさがってます！　すやすやお休《やす》みです！　ああ、神《かみ》さまっ。」

ハンナが十字《じゅうじ》を切《き》って神《かみ》さまにいのりました。

そのときでした。

玄関《げんかん》のベルが鳴《な》って、ローリーの声《こえ》が聞《き》こえました。

「みんな！　お母《かあ》さんのお帰《かえ》りですよっ！」

メグとハンナは玄関《げんかん》へとびだしましたが、ジョーはベスのそばをはなれられませんでした。

ベスの手《て》をぎゅっとにぎって、ささやきます。

「ベス、よかったね。お母《かあ》さんが帰《かえ》ってきてくださったよ。」

※本書《ほんしょ》には一部《いちぶ》、差別的《さべつてき》ともとれる表現《ひょうげん》がふくまれていますが、作者《さくしゃ》が故人《こじん》であること、作品《さくひん》が発表《はっぴょう》された当時《とうじ》の時代背景《じだいはいけい》、文学性《ぶんがくせい》や芸術性《げいじゅつせい》などを考慮《こうりょ》し、原文《げんぶん》をそのまま訳《やく》して掲載《けいさい》しています。

けれど、もし、玄関《げんかん》まで出《で》ていれば、ジョーはもっとおどろいたでしょう。

玄関《げんかん》には、お母《かあ》さんと、杖《つえ》をついたお父《とう》さんまでもが立《た》っていたのですから。お母《かあ》さんの看病《かんびょう》のおかげで、お父《とう》さんもずいぶんよくなったので、いっしょに帰《かえ》ってきたのです。

そして、そのそばには、ローリーとローレンスさんが、温室《おんしつ》の美《うつく》しい花《はな》たばをかかえ、かがやくばかりの笑顔《えがお》で立《た》っていたのでした。

作者《さくしゃ》と物語《ものがたり》について

雲《くも》の向《む》こうは、いつも青空《あおぞら》

編訳《へんやく》／越水利江子《こしみずりえこ》

　このあとがきのタイトルは、若草物語《わかくさものがたり》の作者《さくしゃ》ルイーザ・メイ・オルコットの言葉《ことば》です。オルコットは1832年《ねん》に生《う》まれたアメリカの児《じ》童文学作家《どうぶんがくさっか》です。日本《にほん》のこよみでいうと、1832年《ねん》は、江戸時代《えどじだい》、天《てん》保《ぼう》3年《ねん》です。盗賊《とうぞく》の鼠小僧《ねずみこぞう》が処刑《しょけい》されたり、葛飾北斎《かつしかほくさい》の浮世絵《うきよえ》「富《ふ》嶽三十六景《がくさんじゅうろっけい》」が売《う》り出《だ》されたりしたころなのです。そんなに昔《むかし》の人《ひと》なのに、今《いま》でも『若草物語《わかくさものがたり》』は日本《にほん》の子《こ》どもたちに愛《あい》されています。それは、時代《じだい》が変《か》わっても変《か》わらない家族《かぞく》の愛《あい》の物語《ものがたり》だったからでしょう。若草物語《わかくさものがたり》に登場《とうじょう》する家族《かぞく》は、実際《じっさい》のオルコットの家族《かぞく》に似《に》ています。理想家《りそうか》だった父《ちち》と貧乏《びんぼう》な家族《かぞく》、そんな中《なか》、小説《しょうせつ》を書《か》くことで家族《かぞく》の力《ちから》になろうとしたジョーは、まさに、オルコット自身《じしん》をモデルにしているといっていいでしょう。彼女《かのじょ》は、苦《くる》しくても希望《きぼう》を失《うしな》わない人《ひと》でした。

　少女期《しょうじょき》、一人《ひとり》っ子《こ》だった私《わたし》には、姉妹《しまい》がいることだけでもうらやましく、おまけに、おとなりにお金持《かねも》ちのハンサムな少年《しょうねん》がいてくれるなんて、夢《ゆめ》の世界《せかい》でした。姉妹《しまい》の少女《しょうじょ》たちはみな魅力的《みりょくてき》でしたが、私《わたし》が一番《いちばん》好《す》きになったのは、やはり、ジョーでした。男《おとこ》の子《こ》みたいにきっぱりしたところがあって、なのに、おとなりの少年《しょうねん》から深《ふか》く愛《あい》されるなんて児童書《じどうしょ》は、当時《とうじ》の貧《まず》しかった日本《にほん》のものにはありませんでしたし、あったとしても、ピンとこなかった思《おも》います。その点《てん》、翻訳児童文学《ほんやくじどうぶんがく》は、国境《こっきょう》を越《こ》え、夢《ゆめ》の世界《せかい》を見《み》させてくれるものなんですね。

　オルコットがのこしてくれた愛《あい》と希望《きぼう》の物語《ものがたり》を、あらためて日本《にほん》の子《こ》どもたちにとどけることができて、とてもうれしいです。

おしえてビリギャル先生!!

読書感想文《どくしょかんそうぶん》の書《か》きかた

坪《つぼ》田《た》信《のぶ》貴《たか》

1 ワクワク読《よ》みをしよう!

「読書感想文《どくしょかんそうぶん》を書《か》くために読《よ》む」とか「宿題《しゅくだい》だから」じゃなくて、まずは楽《たの》しく本《ほん》を読《よ》もう。今《いま》まで考《かんが》えたこともなかったようなふしぎな世界《せかい》がまってるよ。そして読《よ》む前《まえ》とくらべて、ずーっと世界《せかい》が広《ひろ》がって、頭《あたま》もよくなっているんだ。そんなすがたを想《そう》像《ぞう》してワクワクしながら読《よ》もう。

2 おもしろかったこと決定戦《けっていせん》!

本《ほん》を読《よ》みおえたら、なにがおもしろかったか（印《いん》象《しょう》にのこったか）考《かんが》えてみよう。セリフでも、なんでもいいから、本《ほん》を見《み》ないで紙《かみ》に書《か》きだしてみて。おわったら、こんどは本《ほん》をめくりながら、「ああ、これもおもしろかった」というのをあらためて書《か》こう。「一番《いちばん》」おもしろかったこと決定戦《けっていせん》をするんだ。

3 作戦《さくせん》をたてる（下書《したが》きをする）!

感想文《かんそうぶん》は、4つの段落《だんらく》にわけて書《か》くとうまくいくよ。【第《だい》一段落《だんらく》】は、この本《ほん》を読《よ》むきっかけや、そのときの出来事《できごと》。【第《だい》二段落《だんらく》】は、あらすじ。【第《だい》三段落《だんらく》】は、2で決《き》めた一番《いちばん》おもしろかった（心《こころ》にのこった）こと。【第《だい》四段落《だんらく》】は、この本《ほん》を読《よ》んで、どんなことに気《き》づいたか、どんなことを学《まな》んだか、世界《せかい》がどう広《ひろ》がったか、自分《じぶん》がどうかわったか。

それぞれの段落《だんらく》に書《か》くことを、メモするようにかんたんに下書《したが》きしよう。

下書《したが》き

- この本《ほん》に出会《であ》ったきっかけは?
  本屋《ほんや》さんでみつけた。うちは2人《ふたり》姉妹《しまい》だから、4人《にん》姉妹《しまい》ってのにグッときた。
- この本《ほん》のあらすじは?
  お父《とう》さんのいない4人《にん》姉妹《しまい》が、すてきな女性《じょせい》になろうと、一年間《ねんかん》がんばるお話《はなし》。
- 一番心《いちばんこころ》にのこったところは?
  ジョーがエイミーとケンカして、自分《じぶん》のおこりっぽい性格《せいかく》をイヤだと思《おも》うところ。わたしもおなじ。
- この本《ほん》を読《よ》んで自分《じぶん》はどうかわった?
  わたしも妹《いもうと》のいたずらがゆるせなくて、ずーっとおこっちゃうけど、もうちょっとやさしくなろっと。

4 作家《さっか》になったつもりで書《か》いてみよう！

ここからが本番《ほんばん》だ。まずは「タイトル」決《ぎ》め。みんなが「お！」と思《おも》うようなオリジナルのタイトルをつけてみよう。そして、【一文目《ぶんめ》】がすごく大事《だいじ》。自分《じぶん》が作家《さっか》の先生《せんせい》になったつもりで命《いのち》がけで書《か》いてみよう。

自分《じぶん》のダメなところを気《き》づかせてくれた『若草物語《わかくさものがたり》』

四年《ねん》二組《くみ》　町野《まちの》じょう

私《わたし》にはよくケンカする妹《いもうと》がいる。お母《かあ》さんはいつも私《わたし》たちに「2人《ふたり》姉妹《しまい》なんだから仲《なか》よくしなさい」っていうんだけど、そうもいかない。2人《ふたり》って数《かず》がびみょうなんだ。もっときょうだいがいたらよかったのに…って思《おも》ってたときに、本屋《ほんや》さんでこの『若草物語《わかくさものがたり》』に出会《であ》った。

この本《ほん》は、お父《とう》さんのいない4人姉妹《にんしまい》が、すてきな女性《じょせい》になろうとがんばる、一年間《ねんかん》のお話《はなし》。

一番心《いちばんこころ》にのこったのは、ジョーとエイミーがケンカする章《しょう》。ジョーはエイミーをずっとゆるさないんだけど、最後《さいご》にはそんな自分《じぶん》のおこりんぼな性格《せいかく》がイヤになって泣《な》いてしまう。私《わたし》もおんなじ。すごいおこりんぼ。

もし妹《いもうと》がエイミーみたく氷《こおり》の湖《みずうみ》に落《お》ちたら、私《わたし》もきっと後悔《こうかい》する。だからもう少《すこ》

5 さいごに読《よ》みかえそう！

さいごに自分《じぶん》の書《か》いた文章《ぶんしょう》を読《よ》みかえしてみよう。その感想文《かんそうぶん》を読《よ》む人《ひと》の気持《きも》ちを考《かんが》えながら、読《よ》みかえして、より楽《たの》しく読《よ》んでもらえる表現《ひょうげん》はないか、まちがった言葉《ことば》はないかなどを考《かんが》えてみよう。

これで、もうあなたも感想文《かんそうぶん》マスターです。どんどん本《ほん》を読《よ》んで感想文《かんそうぶん》を書《か》いてみてくださいね。

もっとくわしく知《し》りたい人《ひと》は…

「100年後《ねんご》も読《よ》まれる名作《めいさく》シリーズ」のページで、
ビリギャル先生《せんせい》が教《おし》える 動画《どうが》が見《み》られるよ！
https://www.kadokawa.co.jp/pr/b2/100nen/

100年後も読まれる名作 9
若草物語

2018年7月13日　初版発行
2019年6月25日　再版発行

作……L・M・オルコット
編訳……越水利江子
絵……Nardack
監修……坪田信貴

発行者……郡司 聡

発行……株式会社 KADOKAWA
〒102-8177　東京都千代田区富士見 2-13-3
電話 0570-06-4008（ナビダイヤル）

印刷・製本……大日本印刷株式会社

ISBN978-4-04-893512-8　C8097

「100 年後も読まれる名作」公式サイト　https://www.kadokawa.co.jp/pr/b2/100nen/

カラーアシスタント　風香
デザイン　みぞぐちまいこ（cob design）
編集　田島美絵子（電撃メディアワークス編集部）
編集協力　工藤裕一　黒津正貴（電撃メディアワークス編集部）

郵便はがき

切手をはって
おくってね

102-8584

東京都千代田区富士見 1-8-19
KADOKAWA　電撃メディアワークス編集部
100年後も読まれる名作
アンケート係

住所、氏名を正しく記入してください。
おうちの人に確認してもらってからだしてね♪

住所	〒□□□-□□□□　都道府県　市区郡
フリガナ 氏名	
性別	男・女　年齢　才　学年　小学校・中学校（　）年
電話	（　）
メールアドレス	
今後、本作や新企画についてご意見をうかがうアンケートや、新作のご案内を、ご連絡さしあげてもよろしいですか？	（はい・いいえ）

※ご記入いただきました個人情報につきましては、弊社プライバシーポリシーにのっとって管理させていただきます。詳しくは https://www.kadokawa.co.jp/ をご覧ください。

キリトリ

アンケートはがきをきって編《へん》集《しゅう》部《ぶ》におおくりください。

ぬりえも
ぬってみてね♪

キリトリ

ぬりえ

あなたの声をきかせてくださぃ！

「**若草物語**」をお買いもとめいただき、ありがとうございます。みなさんのご意見をこれからの参考にさせていただきたいと思いますので、下の質問におこたえください。

❶あなたは「100年後も読まれる名作」の何巻をもっていますか？

1.ふしぎの国のアリス　2.かがみの国のアリス　3.美女と野獣　4.怪人二十面相と少年探偵団　5.ドリトル先生航海記　6.くまのプーさん　7.赤毛のアン　8.小公女セーラ　9.若草物語

❷この本をえらんだのは、どなたですか？

1．お子さんご本人　2．父　3．母　4．祖父母　5．その他（　　　　）

❸この本をえらんだりゆうをおしえてください。（いくつでもOK）

1．あらすじがおもしろそう　2．表紙がよかったから　3．タイトルがよかったから
4．勉強(宿題)にやくだちそうで　5．さくさく読めそう　6．巻頭のマンガが気にいって
7．ポスターがついていたから　8．カラー絵だったから　9．さし絵がたくさんあるから
10．外国のお話が読みたかったから　11．名作が読みたかったから　12．学校の朝読用に
13．書評を読んで　14．値段がお手ごろだから　15．ビリギャル先生が監修してるから
16．この訳者のほかの本が好きで　17．大人にすすめられて　18．友だちにすすめられて
19．その他（　　　　）

❹この本の感想についておしえてください。

1．内容は？（A．おもしろい　B．ふつう　C．おもしろくない）
2．レベルは？（A．やさしい　B．ちょうどいい　C．むずかしい）
3．お話の長さは？（A．長い　B．ちょうどいい　C．みじかい）
4．さし絵は？　お子さんの感想（A．すき　B．ふつう　C．あまりすきじゃない）
　　　　　　　おうちの方の感想（A．よい　B．ふつう　C．あまりよくない）

❺あたらしい巻やほかの巻も買ってみたいと思いますか？（　はい　・　いいえ　）

❻好きな本のシリーズやまんが、アニメ、ゲームがあればおしえてください。

（　　　　）

❼「100年後も読まれる名作」をなにでしりましたか？

1．本屋さんでみて　2．本に入っているチラシで　3．インターネット
4．学校・公立図書館　5．雑誌をみて（雑誌名　　　　）
6．その他（　　　　）

❽この本をだれかにオススメしたいですか？（　はい　・　いいえ　）

「はい」とこたえたあなた、**この本のうわさをゼッタイひろめて！**

『100年後も読まれる名作』へのご意見やご感想を自由にかいてください。イラストでもいいですよ。

・この欄に書かれたメッセージを「100年後も読まれる名作」の本、HP、チラシ、宣伝物等で紹介してもいいですか？
□名前を出して掲載可　□ペンネーム（　　　　）なら掲載可　□不可

※おうちの人に確認してもらってね♪

キリトリ

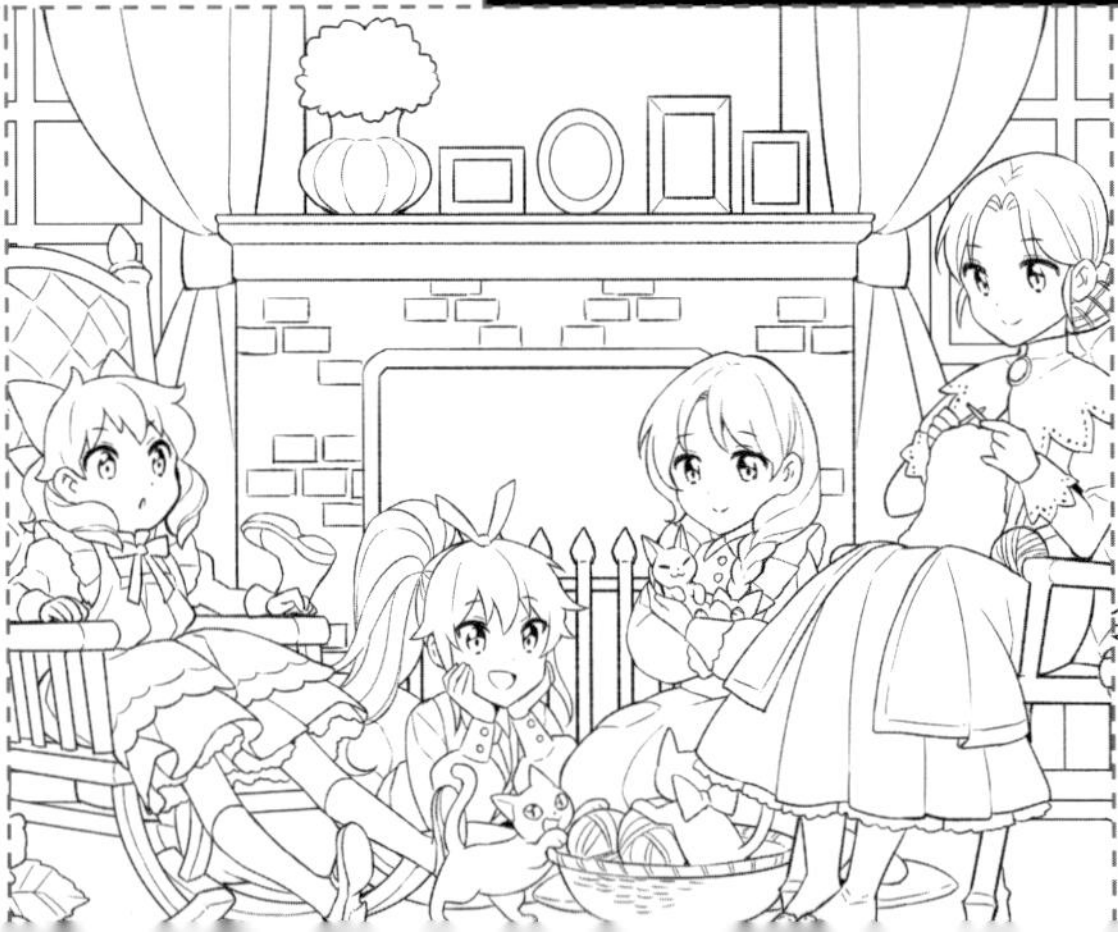